PARLE-MOI

Paru dans Le Livre de Poche :

LE CHASSEUR ZÉRO

FERRAILLE

HISTOIRES DÉRANGÉES

LETTRE D'ÉTÉ

PASCALE ROZE

Parle-moi

ROMAN

ALBIN MICHEL

1

A Issy-les-Moulineaux, dans un appartement aux larges baies vitrées donnant sur la Seine, une femme, Frida Dormant, termine les moyennes de sa classe de première S. Cahier de notes devant elle, machine à calculer à droite, elle prend le temps de faire deux fois chaque opération. Un pli tombe à la commissure de ses lèvres. Première, Isabelle T., 16,5. Isabelle T. fera une école d'ingénieurs, c'est dommage. Eric V. : 10,25. Elle arrondit à 10. Celui-ci fait semblant de travailler, une exception dans la classe. Dans cette classe, comme dans l'ensemble du lycée, le zèle des élèves, leur anxieux désir de bonnes notes stupéfient Frida. A la demande de ses collègues, elle a révisé sa notation à la baisse mais la moyenne générale s'élève encore à 12,50. Ils obtiendront tous une mention à l'épreuve de français qui les attend la semaine prochaine. Isabelle T. aura 18.

Elle ferme son cahier, se déshabille, se pèse, inscrit son poids sur une ardoise collée aux carreaux de la salle de bains, hésite devant le bermuda, le polo en maille de coton et les mocassins qu'elle a achetés le matin même, les fourre dans un sac, remet sa jupe moulante et ses talons hauts. Elle fait un tour de l'appartement, le double living, la chambre. Propre. Rien qui traîne. Elle baisse les stores, laisse les fenêtres entrouvertes. Travail fait, esprit tranquille, l'avantage de l'âge.

D'habitude, le vendredi après-midi, elle se rend à la maison d'arrêt de Bois-d'Arcy où elle dirige un atelier de français dans le quartier des mineurs. Aujourd'hui, elle va voir Perla. Perla a un sourire comme accroché au visage, un beau sourire. Au téléphone hier soir, elle pleurait. Perla, c'est sa sœur.

Elle sort sa voiture du garage, basse et décapotable, une petite Honda sans éraflure et sans éclaboussure. Etincelante. Le temps se lève. Elle rejoint les périphériques, déjà encombrés. Elle ne sait pas si elle aime sa sœur. Jamais elle ne s'est donné pour Perla la peine qu'elle se donne pour ses élèves. Et hier soir, soudain, cette voix anxieuse et nouée, ce sanglot. Viens.

Perla pleure parce que Nicolas Lorient, son mari, avocat fiscaliste dont les affaires tournent mal, veut vendre la maison de Corvol. Depuis vingt ans, Frida passe des week-ends à Corvol, des vacances à Corvol. Frida n'aime pas la campagne et s'obstine à y porter des jupes moulantes et des talons hauts malgré les quolibets de sa sœur et de son beau-frère qui l'ont surnommée la Pompadour. Elle y va parce que Perla est sa sœur. Elle y va sans plaisir mais elle y va. Ce n'est pas un devoir. Frida sait ce qu'est un devoir. Ce n'est pas une obligation non plus. C'est une nécessité qui pèse.

Frida n'aime que ses élèves. Elle a aussi aimé Jérémie, ils se sont aimés puis quittés, elle n'oublie pas, non elle n'oublie pas, elle ne peut pas, c'est lui qui lui a appris à conduire vite. Elle aime tous ses élèves. Pas seulement Isabelle T. Elle aime aussi les lymphatiques, les excités, les insolents. Un jour, l'un d'eux l'a appelée gonzesse. Elle l'a fait virer pendant une semaine mais ça ne lui a pas déplu. C'était à Argenteuil. Elle est restée vingt ans dans un lycée d'Argenteuil avant d'être mutée. Parfois elle regrette. Il y avait plus de plaisir là-bas. La nuit dans son lit, Frida ne dort pas, elle fait cours. Elle explique à son auditoire « Harmonie du soir » ou « Ondine », les Grecs aussi. Elle fouille, elle approfondit, elle fait les questions et les réponses. Elle donne la parole à Isabelle T. En classe, Isabelle T. prend des notes et n'ouvre pas la bouche. Isabelle T. est anorexique. Ses yeux lui mangent le visage. Frida s'est habituée à l'insomnie qui la fait arriver en cours la tête bourdonnante des mots qu'elle a prononcés la nuit. Il y a un ralentissement à la hauteur de la porte de Châtillon. Frida pense à Yacine, un gamin d'Argenteuil, elle a eu sa sœur en seconde. Yacine l'attend à Bois-d'Arcy. Elle n'aurait pas dû décommander. Avec elle il travaille alors qu'avec le professeur de la maison d'arrêt il refuse de faire quoi que ce soit. Elle sait qu'il s'applique parce qu'elle est une femme et qu'elle lui parle avec beaucoup d'attention. C'était comme ça à Argenteuil. Yacine a seize ans. Il s'est vengé d'un salaud, il proteste que c'était son droit. Il va passer aux assises. Ça fait longtemps que je suis parti en sucette, lui a-t-il dit un jour. L'expression l'a laissée songeuse.

Elle conduit brutalement parce qu'elle va voir sa sœur. Chaque fois qu'elle va voir sa sœur sa tension monte. Il lui faut attendre d'avoir dépassé la nationale 104 pour que le trafic devienne fluide. Alors, elle enfonce son pied sur l'accélérateur et la vitesse la soulage. Après le péage, il n'y a plus personne. La voiture file. On est en juin. Ça sent les vacances. Elle, elle ne part pas en vacances, ni rejoindre un homme. Elle va voir sa sœur. Elle sort de l'autoroute à Dordives, quitte la nationale 7 à Montargis. Est-il possible que Nicolas ait fait de si mauvaises affaires ? Et qu'est-ce que Perla peut bien attendre d'elle ? De l'argent ?

De l'argent, elle en a, gagné au travail et à l'économie. Elle a quitté Rouen pour faire ses études à la Sorbonne, se privant de tout, de tout, n'achetant que des livres et des chips, ayant aimé leur goût de sel et de croquant jusqu'à s'en dégoûter. Elle ne chauffait pas. Ne téléphonait pas. Économies, économies pour acheter son premier petit appartement, puis celui d'Issy. Le luxe à Issy, marbre dans la salle de bains. Et un jour, fini les traites, tout l'argent des traites de côté. Elle ne dépense pas tout ce qu'elle gagne, vingt mille francs avec les heures sup. Plus les droits d'auteur de ses manuels, à partager avec l'équipe éditoriale bien sûr, mais enfin, seconde, première, ça fait tout de même beaucoup, même si ça s'arrêtera l'année prochaine car on ne l'a pas sollicitée pour la nouvelle édition. Plus les dividendes de son portefeuille qu'elle surveille de très près. Un sacré paquet, une vraie victoire sur la vie. Leur mère les a élevées chichement, avec le peu d'argent que lui donnait leur père, représentant de montres Lip au Moyen-Orient, absent deux fois trois mois par an, et quand présent, toujours d'une humeur sombre, violente, dépressive. Du moins en famille. Une vraie victoire, c'est certain. L'argent est à elle. Elle ne le donnera pas.

Elle ne se pose pas la question de savoir quoi faire de cet argent. Il est là, c'est tout. Il est bon. C'est son or, le fruit de son labeur. Vous voyez, Yacine, il n'y a pas que le trafic. Vous aussi vous pourriez. Vous pourriez être comme moi. Moi au masculin. Elle s'achète des belles voitures parce que Jérémie aimait les belles voitures. Il lui parlait de Françoise Sagan conduisant pieds nus sa Jaguar.

Mais ce n'est pas son genre de conduire pieds nus. Au fond, elle n'était pas le genre de Jérémie. Il avait ri quand elle lui avait annoncé qu'elle allait faire partie de l'équipe chargée de l'élaboration des manuels conformes aux nouveaux programmes. « Rédiger des manuels scolaires ! Comment peut-on rédiger des manuels scolaires ! » Douze ans après, ça fait encore mal. Souvent aussi, il se moquait d'elle : « Vampe-les, tes mômes. Mets ta veste rose et ton pantalon noir moulax, tu verras qu'ils liront mieux Voltaire. » Elle l'a écouté. Il avait raison. Elle s'habille avec attention pour aller au lycée. Elle prend soin d'elle, s'achète des jupes serrées et des pantalons à pinces, des chaussures pointues. Elle surveille son corps mince et nerveux. Rousse, sa chevelure. Elle l'aime, elle la soigne. Des produits, des coiffeurs, tandis que Perla...

Elle stoppe la voiture devant la pâtisserie de Châtillon-Coligny et achète un baba au rhum. Elle achète toujours un baba ou du bon vin quand elle vient à Corvol. A Noël, elle offre un chèque à ses neveux. Elle ne sait pas faire de cadeaux. Entre Châtillon et Rogny-Les-Sept-Ecluses, le ciel devient entièrement bleu.

Frida s'arrête pour décapoter puis prend une menthe à l'eau devant les écluses. Elle aime cet endroit. Avec Jérémie, elle s'arrêtait souvent là. Qu'est-ce qu'il fait en ce moment, Jérémie, précisément en cet instant, dans la chair de cet instant ? Elle allume une cigarette, la première de la journée. Elle n'a pas envie d'arriver trop vite chez sa sœur. Elle regarde une famille s'activant avec entrain à passer l'écluse moderne sur un bateau de tourisme, tous en short et en bob. Elle aussi a connu l'entrain, pas pour faire du sport, pas pour voyager. L'entrain de son existence, ça a été la publication des manuels de lycée. Deux ans à ne pas dormir, à ne pas lever les yeux de ses maquettes et à perdre Jérémie. Elle a gagné du fric, de quoi s'offrir des belles bagnoles, même si Jérémie n'est plus là pour en profiter. Elle remonte la première écluse d'Henri IV, fatigue vite. Elle aurait dû changer de chaussures. Le plaisir tient à de si petites choses. Et puis elle a le vertige. Il faudrait remettre un peu d'eau là-dedans. C'est dangereux. Elle imagine une classe et les enfants se poussant par jeu. Ce serait la catastrophe, la tragédie sans œuvre d'art. Souvent, Frida imagine des catastrophes, un accident de voiture, une bombe dans le métro, un élève qui chute par la fenêtre. Quand elle surveille un contrôle et qu'elle contemple les têtes penchées sur les feuilles, elle souhaiterait que le devoir ne finisse pas pour qu'ils restent à jamais sous sa protection. Même ceux qui n'ont peur de rien, comme Eric et Isabelle. Yacine aussi ignore la peur. Yacine a séquestré et torturé un homme qui l'a roulé de cinquante mille balles. Heureusement que le type n'est pas mort. Yacine, il va au bled l'été. Il fait Paris-Marseille en car avec sa sœur puis le bateau jusqu'à Agadir pendant que son père et sa mère font tourner la pizzeria où le jambon est du jambon de dinde. Sa grand-mère l'accueille avec des larmes de joie. Elle lui sert tout de suite un thé à la menthe. Ça fait longtemps que je suis parti en sucette, madame.

2

« Si tu vends, c'est moi que tu vends ! » Elle a raccroché et est retournée désherber l'allée de charmilles, à quatre pattes, sans gants, à l'aide d'un couteau. Les campanules rampent. Ça fait comme des ficelles qu'elle arrache. Une mèche s'est échappée de son chignon et lui barre la joue. Elle oublie son mal de dos, ses genoux, ses cinquante-deux ans. Je suis le jardin, dit-elle en arrachant les campanules. S'il vend, c'est moi qu'il vend. Elle a planté la charmille dès qu'ils ont acheté. Une double rangée qui maintenant forme une voûte épaisse. Elle a dû l'imposer, Nicolas qualifiant la charmille de lubie. Une place folle pour pas grand-chose, nous n'avons pas un parc, disait-il. Raison de plus, nous aurons une charmille. Rien n'est plus agréable qu'une charmille.

Elle sait que ses fils s'en foutent. Elle pense souvent qu'après sa mort la désolation s'étendra sur le jardin, que les ronces envahiront les allées, la maladie les rosiers, que les pucerons et les limaces si patiemment combattus dévoreront les massifs. Mais qu'importe puisqu'elle aura disparu. L'impensable est autre. Impensable est la séparation du jardin et de Perla, comme de Perla et de la maison qui se trouve au cœur du jardin. Tous les chemins du jardin mènent à la maison comme toutes les portes et les fenêtres de la maison donnent sur le jardin, comme le cœur de Perla irrigue la maison et le jardin. Jour après jour, année après année, depuis vingt ans, Perla construit son œuvre et son œuvre est un paradis, un paradis d'après la Faute, penserait-elle si elle se souvenait de ses leçons de catéchisme, paroisse Sainte-Marguerite, Besançon, Doubs, planté à la sueur de son front, entièrement acquis à la force du dos et du poignet.

Arrivée au bout de l'allée, elle se redresse en réprimant une grimace. Elle regarde. C'est beau. C'est son œuvre. Le soleil se couche sur sa gauche, dessinant de grandes ombres sur la pelouse. Les papillons volettent au-dessus des lavandes. Les fleurs flamboient dans l'herbe. Un merle siffle sur le toit de sa chambre et les haies résonnent d'un vigoureux gazouillis. Son mari veut vendre. Les larmes jaillissent. Elle se gifle. Elle va chercher la brouette dans la grange et machinalement ramasse les mauvaises herbes. Machinalement, elle traverse la rue pour aller grossir le tas de foin de la ferme. Le fermier est aux champs. On moissonne l'orge depuis hier. La fermière joue à la belote avec le garde forestier. Pas de crainte qu'ils voient ses larmes.

Elle revient, range la brouette, s'assoit sur la terrasse, ôte ses bottes et ses chaussons de bottes et reste là, assise, pieds nus. Longtemps. Le noir envahit ses yeux, ses oreilles. Elle ne bouge pas. N'entend plus le gazouillis. Ne voit plus les ombres des arbres, les longues ombres sur l'herbe. Ne pleure plus. Rien. Elle respire mais rien. Elle vit mais rien. Une fourmi sur sa jambe. Une mouche sur sa main. Elle a la chair de poule, puis des frissons, ne le sent pas. Le silence est si grand qu'il couvre tous les sons vivants, le téléphone, l'angélus et le chien du fermier qui aboie. Un chat lui redonne la vie en sautant sur ses genoux. Elle appelle Frida. Frida, c'est sa sœur.

Cette nuit-là, Perla ne dort pas. Elle marche. Cuisine, cellier, salon, chambres, salle de bains, cabinets, placard à provisions, placard à linge, elle ouvre toutes les portes, systématiquement, les referme, les rouvre, longe les murs, passe la main dans les placards, soulève les bibelots, touchant, touchant ce qui est à elle, arpentant ce qui est à elle, humant l'odeur de chaque pièce, de chaque coin. Elle trouve dans un placard une salière perdue depuis longtemps et elle en a les larmes aux yeux. Elle prend un chiffon, astique la rampe chérie de l'escalier, elle l'avait cherchée dans toute la région puis finalement trouvée aux puces de Saint-Ouen. Des cris de joie elle avait poussés. Attention à toi, Nicolas. Elle parle toute la nuit. Souviens-toi des tomettes, une à une je les ai grattées, souviens-toi de la rampe d'escalier, souviens-toi du lit, souviens-toi du rideau. Elle parle toute seule comme sa sœur parle à ses élèves. Mais Frida la nuit sous ses couvertures module, cherche à capter, à convaincre, c'est tout un cinéma répété avant d'être joué le lendemain dans la classe tandis que de Perla s'échappe une plainte monotone et incontrôlée, une plainte qui refuse de s'arrêter. Je me passerai de toi, Nicolas, je ne me passerai pas de la maison. Plus tard, sur la banquette du piano à queue – à quoi ça sert un piano à queue ? personne ne fait de la musique ! s'était-il exclamé, ne pensant ni aux futures belles-filles, ni aux petits-enfants, ni même que dans sa vieillesse elle pourrait avoir envie de s'y mettre pourquoi pas mais en fait la vraie raison était autre, elle avait acheté un piano à queue parce que dans toutes les vieilles maisons bourgeoises il y avait des pianos à queue point final – elle commence à flancher et les pleurs reviennent. Qui coulent tout seuls.

Elle qui ne pleure jamais. Qui n'avait pas pleuré petite sauf une fois quand elle avait cru que Frida ne reviendrait pas. C'était à Besançon, avant la mort du père. Elle n'avait pas pleuré quand leur mère avait appris par un coup de téléphone qu'il était mort là-bas dans une chambre d'hôtel à Téhéran, d'une embolie, d'après le Consulat, elle avait seize ans.

Longtemps encore sur la banquette, les pleurs et les mots se mêlent, comme si Nicolas était en face, là, à la place du piano. Puis elle se traîne jusqu'à son lit. Elle s'endort la bouche ouverte, tout habillée, les ongles noirs de terre.

3

C'est un rêve qu'elle fait souvent. Depuis quand, elle ne sait plus. Cette nuit, il revient.

Ses yeux sont par terre, deux petites boules à ses pieds avec un peu de peau. Elle sait que ce sont ses yeux. Elle sent le vide sur son visage. Il n'y a aucun bruit, pas d'herbe ni de fleurs, pas de maison, pas d'arbre et personne ne vient. Il y a seulement des pieds à côté de ses yeux, tout près de ses yeux. Ce sont les siens sans doute. Elle ressent une très grande peur. Certaines fois les yeux bougent tout seuls, ils se touchent ou ils se déplacent un peu. Ils sont comme vivants. La tachycardie la réveille. Quand Nicolas est là, elle écoute sa respiration. Quand il n'est pas là, elle allume la bienveillante lumière de sa lampe de chevet. Au matin, elle est calme. Elle fera ce qu'elle a à faire. Elle sourit.

Mais ce matin-là, elle ne sourit pas. Elle s'assoit sur le lit, fatiguée, puis ôte ses habits de jardin, va sous la douche. Elle ne regarde pas son corps vieilli, grossi, les bourrelets, la cellulite, les poils clairsemés. Elle a depuis longtemps porté ses soins vers la maison et le jardin. Nicolas en souffre, bien entendu, car elle néglige le corps de Nicolas, lui préférant la bonne odeur de cire, l'éclosion des rhododendrons et des pivoines. Il riait pourtant autrefois quand il la voyait plongée dans les revues sur les maisons avec la même ferveur que si elle lisait des livres de magie, des recettes de sortilèges. Regarde ce que j'ai fait de notre chambre, Nicolas, regarde-la dressée en ses plus beaux atours, héritière des siècles, porteuse des forêts, des vers à soie et des montagnes du Cachemire. Quoi de plus certain qu'une chambre accueillante ? Elle ne se dérobe pas, elle ne fiche pas le camp comme le plaisir. Tandis que moi, j'attrape un cou de poule et que toi, tu prends de la bedaine !

Elle s'habille. Elle regarde les photos sur la commode, leur mariage, leurs trois fils, le mariage de l'aîné. Une vie réussie, une famille réussie. Tout le monde sourit.

Au téléphone hier soir, elle a rappelé à Nicolas la phrase qu'il lui avait dite il y a longtemps pour la rassurer quand elle lui avait raconté son rêve : « Au moins, tu as un toit ! » Au moins, tu as un toit ! La réflexion lui avait paru tellement incongrue que ça l'avait fait rire, ça avait eu le pouvoir de chasser sa peur et depuis l'expression est devenue une sorte de *private joke* entre eux, ils y ont recours quand ils ont des soucis et elle les fait toujours rire. Il a été agacé qu'elle lui rappelle cela, cette phrase sortie de leur jeunesse, et a rétorqué qu'elle oubliait Paris, mais Paris pour Perla n'est pas un toit, seulement un appartement dont de plus ils ne sont pas propriétaires. Il a ajouté que les enfants ne venaient qu'à Noël, que c'était bien cher d'avoir une maison uniquement pour Noël. C'est vrai, les enfants ne viennent pas. L'aîné est en Allemagne, le second aux Etats-Unis, le troisième à Aix-en-Provence. Peut-on parler de famille quand chacun vit aux quatre coins de la terre ? La vraie famille, c'est la maison. Dis-toi cela, Nicolas. Sans maison, plus de famille. Tu verras.

Ne pas oublier de sortir la viande du congélateur pour Frida ce soir.

4

Perla est l'aînée. Elle tient sa sœur par la main. S'il arrive à Frida de s'abstenir de téléphoner pendant un ou deux mois, Perla appelle. Quand Frida faisait ses études, elle lui envoyait depuis Rouen où elle travaillait déjà, comptable au cabinet Ducreux, de bonnes conserves nourrissantes : confit d'oie, lapin en gibelotte. Frida ne revenait jamais à Rouen. Elle n'y revient pas davantage maintenant, haïssant Rouen, haïssant Besançon. Après la mort du père, leur mère s'est installée à Rouen où vivaient encore ses parents. Elle a expliqué à ses filles que c'était pour retourner en famille qu'on quittait Besançon que de toute façon elle n'avait jamais aimé, un trou, Besançon, mais les filles ont eu tôt fait de découvrir la vraie raison. Il y avait un homme à Rouen qui attendait et qui allait devenir leur beau-père et leur donner Annette. Frida ne voit sa mère qu'à Noël, à Corvol. Perla fait le pilier de la famille en organisant les Noëls à Corvol. Peut-être est-ce à cause de ses garçons, se dit Frida, qu'elle veut entourer de grand-mère et de tante comme d'un luxe supplémentaire dans la vie. Vous avez une maison de campagne, vous avez aussi une grand-mère et une tante. Sans Perla tout se serait effondré, la mère se serait contentée de son type. Même Annette ne vient plus à Rouen, courant le monde à la recherche des casquettes et décorations militaires dont elle fait commerce. La mère s'en fout sans doute. Elle n'aime que son type, elle l'aime avec la fougue de qui rattrape dix-huit ans d'erreur. Elle abandonne à ses filles l'héritage de son erreur. A soixante-douze ans, elle prend des airs de gamine. Elle vient à Corvol un Noël sur deux. L'autre, elle le passe dans la famille de son type. Frida, elle, assiste à tous les noëls de Corvol. Elle est aussi là pour Pâques et la Toussaint, plus quinze jours en été. C'est une nécessité. Une néfaste nécessité. A Corvol, Frida se sent devenir rien. La professeur disparaît. Le compte en banque disparaît. Jérémie disparaît. Jusqu'à sa faculté de raisonner qui disparaît. Pourquoi alors vient-elle depuis tant d'années dans cette campagne perdue aux confins de la Bourgogne alors qu'elle rêve de visiter les grandes capitales, Moscou, Le Caire, Rio, Istambul ?

Vers dix-huit heures trente, roulant au pas, elle monte la rue qui mène à la maison de sa sœur. Il fait un temps éblouissant. La maison est belle, longue et gracieuse avec son toit pentu de vieilles tuiles, son double escalier, son mur de pierres sèches courant le long du jardin. Le soleil donne à la campagne un air de coloriage. Le blé est mûr, l'herbe verte, le ciel bleu et les vaches blanches, entourées de leurs veaux. Deux enfants jouent au ballon sous les châtaigniers de l'église, les derniers du village, CM2. Il n'y a presque plus d'enfants. Chaque année de nouveaux trains les emmènent vers le plateau d'Argenteuil ou la vallée de la Marne. Et les forêts sont vides.

D'habitude, dès que Perla entend la voiture, elle sort sur le perron avec un joyeux sourire. Perla a un tic musculaire : elle sourit matin, midi et soir. Elle avoue même sourire toute seule. Cette fois, elle ne sort pas. La porte est ouverte, Frida entre, traverse la maison déserte, voit un morceau de viande à décongeler dans la cuisine et pénètre dans le jardin par la porte du cellier. Perla s'occupe des rosiers, un sécateur à la main, un chapeau sur la tête et un panier à ses pieds. Tu comprends, il faut un panier, explique-t-elle. J'ai mis longtemps à m'organiser : j'enlevais les fleurs fanées, je les laissais tomber et je passais ensuite les ramasser. C'est idiot. Il faut dans le jardin autant d'organisation que dans un cabinet comptable. Maintenant j'ai le panier. Je ne repasse plus, conclut-elle victorieusement. L'avalanche de propos pratiques dont elle la gratifie donne toujours à Frida l'impression que sa sœur, au contraire d'elle-même, n'éprouve aucun malaise à la voir. Mais peut-être est-ce seulement dû au fait qu'elle est chez elle, tout à ses affaires, et que si elles devaient se voir au café, ce qui n'arrive absolument jamais, elle ne pourrait pas sortir un mot et la conversation serait un échange de silences et de gêne. Au café, et plus encore dans l'appartement de Frida, les discours sur les engrais, le fermier et les tenues de campagne se déliteraient dans l'atmosphère, laissant place à un lourd malaise, un malaise tel qu'elles y mettraient fin l'une et l'autre au plus vite. Perla ce soir est encore chez elle, sur le piédestal de ce qui est encore sa maison. Cependant elle tremble sur ses bases et certainement face à sa sœur aura du mal à conserver son sourire de victoire. Et Frida le sent, et Frida a peur et soudain, voyant la jardinière bientôt sans emploi, elle est prise de frayeur et elle a envie de partir, de se tirer en douce. Trop tard ! Perla a deviné sa présence. Elle se retourne.

Perla voit sa sœur. Noire est sa silhouette dans le contre-jour. Elle distingue la jupe moulante, les chaussures à talons, le sac dans une main, la boîte à gâteaux dans l'autre. Bien coiffée. Elle vient certainement de se donner un coup de peigne. Elle a un moment de fléchissement. À cause des cheveux impeccables. Ces cheveux sont cruels. Ils vont la juger. Elle avance tout de même en souriant, la remercie d'être venue si vite, lui demande si elle a fait bon voyage. Elles s'embrassent. Elles le font toujours. Frida dit que le jardin est magnifique. Perla ne répond rien. Le passage d'un tracteur tirant une grosse remorque pleine d'orge emplit le silence. Ils vont travailler tard, dit Perla, on annonce des orages. Elle ramasse son panier et entraîne sa sœur vers la maison. Il y a une petite conversation autour du baba de Châtillon puis Perla propose à sa sœur d'aller installer ses affaires tandis qu'elle se changera. Leurs voix sont nouées.

Une fois dans sa chambre, la chambre aux tentures indiennes jaunes, la sienne – on l'appelle la chambre de Frida et Perla a accroché au mur une photo d'elles deux petites, l'une déguisée en carotte et l'autre en lapin, c'était pour l'école et leur mère s'était surpassée, Frida était la carotte évidemment et bien des années plus tard en voyant cette photo sur le mur, elle avait réalisé le symbolisme outrancier de ce choix et de sa répartition dont elle n'arrivait plus à se souvenir à qui il revenait, certainement pas à elle, comment peut-on choisir d'être déguisée en carotte ? – une fois dans sa chambre donc, Frida sort la tenue de campagne de son sac et se change. Elle ouvre l'armoire et contemple son image dans le miroir fixé à l'intérieur de la porte. Laide. Elle n'aurait pas dû. Si elle s'habillait ainsi pour aller en cours, elle serait la risée de tout le lycée. Elle imagine Isabelle T. dans ce bermuda, ses genoux, ses cuisses comme des allumettes. Qu'est-ce que vous faites, Isabelle, seule dans votre chambre ? Vous vous regardez dans la glace ? Vous scrutez votre squelette à travers votre peau ? J'ai remarqué que vous aviez épilé vos sourcils. Frida arrange ses cheveux, se remet du rouge à lèvres. Est-ce que vous avez une sœur ? Rendez-vous compte, voilà vingt ans que ma sœur me demande de mettre des mocassins et des polos, vingt ans que je refuse, et hier je suis allée au Bon Marché et j'ai acheté la panoplie complète alors que peut-être je ne remettrai plus jamais les pieds ici. Une tenue mise une seule fois, spécialement réservée à ce dernier rendez-vous. Je pense souvent à vous, Isabelle T. Dans mon sac, il y a un carré de chocolat que j'ai ramassé l'autre jour au café. Pour toi.

5

Perla prépare l'apéritif. Elle essuie ses larmes avec un torchon. Lorsque Frida apparaît dans l'encadrement de la porte, elle la contemple avec ébahissement. Elle en laisse tomber les pistaches qui rebondissent sur les tomettes puis elle se met à rire et des larmes encore roulent de ses yeux mais elle rit plus fort que ses larmes, elle se met même à hoqueter tandis que Frida gênée finit par dire : « Je peux retourner me changer si tu veux. » « Non, non, surtout pas, viens, montre-moi », répond Perla entre deux hoquets. Frida s'approche. « Je fais résidence secondaire, hein ? C'est ça ? Je m'en doutais. » « Mais non, c'est parfait. Un peu neuf, c'est tout. Le bermuda en madras, c'est parfait. » Et puis soudain, comme si elle comprenait, elle dit merci et s'arrête de rire.

Elles vont sur la terrasse. Les verres brillent dans l'éclat du couchant, dans la belle chaleur où l'on sent venir l'orage. Perla s'est remise à rire en s'asseyant puis sans transition elle a pleuré. Elle boit et pleure, elle pleure sans pouvoir se retenir, sans chercher à se retenir. Frida se dit qu'elle devrait se lever et prendre sa sœur dans ses bras. Mais un tel geste doit correspondre à un élan : on a une bouffée dans le cœur, on se lève, on serre l'autre contre soi comme dans les pièces de Tchekhov, les trois temps se doivent de n'en faire qu'un, disait Jérémie à ses comédiens. Il n'est de plus pas commode de serrer dans ses bras une personne qui se trouve allongée dans un transat alors que l'on est soi-même allongé dans un autre transat. Frida ne bouge pas. Par contagion, la vue des larmes de sa sœur lui mouille les yeux. Elle cherche quoi dire. Les oiseaux chantent dans la haie, le chèvrefeuille embaume, il faudrait dans ce décor de pastourelle deux amoureux étendus dans l'herbe, pense-t-elle. Elle prononce une phrase : « Ne t'inquiète pas, pleure. » Elle lui ordonne de pleurer alors qu'elle pleure déjà, c'est idiot. Silence. Il y a quatre types de phrases : déclarative, exclamative, interrogative et injonctive. J'ai choisi l'injonctive. Silence. Perla lui sourit à travers ses larmes. Alors Frida sourit aussi. L'instant est fragile, maladroit, elles le sentent, il va de l'une à l'autre, comme une grâce, une ouverture. Peut-être, oui, peut-être que Frida pourrait approcher, s'approcher un tout petit peu, et sans rien dire mettre la main sur l'épaule de sa sœur. Perla n'attend pas, ou trop peu. Elle se gifle. Frida sursaute. L'instant a disparu.

Perla boit son verre d'une traite et attaque :

– Nicolas est en faillite. Un de ses clients s'est retourné contre lui.

– Comment ça ?

– Il l'accuse d'être responsable de son redressement fiscal. Il l'a traîné au tribunal et a gagné. Nicolas doit payer.

– Combien ?

– Trente-cinq millions.

– Trente-cinq millions !

– L'assureur couvre vingt-cinq.

– Merde !

– Tu connais Nicolas. Il a fallu un sinistre pour qu'il se rende compte qu'il était mal assuré.

– Trente-cinq millions ! répète Frida qui jusque-là s'était crue riche.

– Restent dix. La vente du cabinet, la vente de la maison. Nous sommes ruinés.

– Les banques ne peuvent pas l'aider ?

– Il dit que non. Je peux pas le croire.

– Mais qu'est-ce qu'il a fait ?

– J'ose à peine te le dire. C'est tellement bête. C'est bête à rendre fou. Son client avait un redressement fiscal. Ce sont des choses qui arrivent, ça fait partie du risque. Seulement Nicolas a laissé passer le délai légal pour saisir le tribunal, imagine-toi. Résultat : un type qui est une ordure, qui fait un fric dont tu n'as pas idée avec des messageries roses, qui expédie tous ses gains aux îles Caïmans, se fait payer en toute légalité son redressement par son avocat !

– Il a oublié !

– Oui. Il n'a pourtant pas beaucoup de clients et Butin – ne ris pas, c'est son nom – est son plus gros. Le dossier était sur son bureau, toujours sur son bureau. Il ne l'a pas ouvert.

– Et la secrétaire ?

– Oh, Marie-Laure, tu sais, elle s'est éteinte avec les années. Vingt ans à faire le même boulot au même endroit ! Résultat : on perd tout. Un oubli et on perd tout.

– Trente-cinq millions, c'est énorme !

– Comme tu dis.

Silence. J'ai quatre, pense Frida, un virgule cinq pour l'appartement, deux virgule cinq à la banque. Elle va me les demander. C'est pour ça qu'elle m'a appelée. Elle va s'enquérir du montant de mes avoirs. Elles n'ont jamais parlé d'argent. Ou alors en plaisantant. Elles ont toujours fait comme s'il allait de soi, comme des filles nées riches. Elles se cachent leurs efforts, leurs économies. Parce que nées riches, elles ne le sont pas du tout. Le père partait vendre ses montres en disant : J'enverrai de l'argent et la mère attendait anxieusement le mandat qui tardait toujours. Il aimait ça, les faire attendre. La voix de Perla tremble, son corps tremble. Un petit lézard court entre ses pieds.

– Il ne dit rien, il me cache tout. Je ne savais rien de ce procès. Il m'a tout appris d'un coup.

– Au téléphone ?

– Il prétend qu'il ne peut pas se déplacer, trop de soucis.

– On n'annonce pas une telle affaire au téléphone !

– Je lui ai proposé de venir moi. Il ne veut pas.

– Vas-y tout de même.

– Une agence de Clamecy passe demain pour l'estimation.

– Déjà ?

– Je n'ai pas eu mon mot à dire.

– Tant pis pour l'agence. Rentre à Paris avec moi.

Frida note qu'elle vient d'utiliser sa deuxième phrase injonctive et cela lui déplaît. Elle ne veut pas du rôle de commandement. Elle enchaîne sur les garçons. Perla ne les a pas encore prévenus, elle estime que c'est à leur père de le faire. Elles se taisent. Perla se ressert à boire.

– Tu es la seule que j'ai appelée, dit-elle. Je suis foutue !

– Mais non !

Encore un silence. Cette fois, elle va oser. Je suis sa sœur alors elle va me demander de l'aider. Et moi, je vais me sentir obligée, je ne pourrai pas faire autrement ! Non, pense soudain Frida, elle attend que ce soit moi qui le lui propose ! Bien sûr, elle attend que ce soit moi ! Elle pense que c'est à moi de le faire, lui éviter l'humiliation de la demande, allonger là, tout de suite sur la table, mes trente ans d'économies ! Elle pense qu'elle a le droit d'exiger ça. Je ne le ferai pas, tu peux toujours courir. Le silence dure. Je divague, elle ne peut pas, elle refuserait si je le proposais. Elle veut que je la console, que je lui tienne la main, c'est tout. Mais Frida ne sait pas parler, pas consoler, pas faire la professeur avec sa sœur comme elle sait conseiller, rassurer, consoler un élève, ou même le père de Yacine dont elle a tenu la main entre les deux siennes. Il disait merci. Et le silence dure, lourd. Perla la regarde sans ouvrir la bouche. Elle est perfide, Perla. Elle attend.

– Et Nicolas, qu'est-ce qu'il va faire ?

– Je ne sais pas. Il va chercher du boulot dans une boîte, j'imagine.

– Le pauvre !

– Au fond, ça le soulage. Le cabinet devenait trop lourd. Mais pour moi c'est la fin du monde. Je peux me passer de tout, sauf de la maison.

– De Nicolas et des enfants ?

– Oui.

– Je ne te crois pas.

Elle a menti. Car, à l'instant où elle répond, cela lui paraît brusquement évident qu'elle doit la croire, que Perla est folle avec cette maison, qu'elle a rayé du monde ceux qui ne sont ni pépiniéristes, ni maçons, ni ébénistes. Frida imagine à quel point ce doit être insupportable pour Nicolas et les garçons. Peut-être que Nicolas vend pour ça, exclusivement pour ça, ne plus être témoin de cette obsession, de la maladie de sa femme, ne plus entretenir la maladie de sa femme, ne plus se dire : c'est moi qui lui donne les moyens d'être malade. Nicolas vient de moins en moins souvent et cette vente révèle aussi la maladie d'un couple, la folie d'une femme qui s'enferme. Une vaste comédie, une vaste comédie depuis longtemps. Elle fait semblant, je le savais. Elle trompe le monde avec son sourire. Nicolas a raison. Il faut absolument vendre.

– Je croyais que j'avais un bon fond. En fait je suis un monstre.

– Tu exagères.

– Non. Je veux que Nicolas emprunte. Je veux qu'il se tue au travail. C'est lui ou moi. Tu m'enlèves la maison, je meurs. Comme les petits vieux qu'on transporte à l'hospice. Paris, c'est l'hospice.

– Vous pourriez peut-être racheter quelque chose de plus petit ? C'est usant pour toi, une si grande maison.

Perla crie presque :

– Tu fais comme si c'était possible, comme si c'était déjà fait !

– J'ai dit : vous pourriez, conditionnel, système hypothétique. Je suppose que Nicolas est acculé. Est-ce que la maison est hypothéquée ?

Elle note le rapprochement hypothèse/hypothèque pour l'étudier plus tard.

– Comment veux-tu que je le sache ? Il ne me dit rien. L'argent est à lui, tout est à lui. Tu sais bien que je n'ai rien.

C'est vrai qu'elle n'a rien. Petite comptable qui a arrêté de travailler au deuxième enfant et à qui le mari avait dit : Ne t'inquiète pas, je m'occupe de tout. Pas comme Frida, quatre millions, Frida. Une bonne couverture, c'est sûr.

– Va téléphoner. Dis-lui de venir, il a encore le temps de prendre sa voiture ce soir.

Sa voix monte encore d'un ton :

– Tu ne comprends donc pas ce qu'on te dit ? Il ne veut pas venir.

– Rappelle, insiste. Dis que tu ne recevras pas l'agent immobilier.

– Mais il n'est pas question que je le reçoive. Tu lui diras que je ne suis pas là.

Elles ont parlé vite, presque sur le ton de la querelle. Perla vide son verre, elle ne pleure plus, reprend des forces. Elle sait encore donner un ordre. Elle se lève, les poings sur les hanches, balaie des yeux la maison, le mur, les charmilles, la haie. Vingt ans, jour après jour, année après année. On ne la dépouillera pas. Elle est prête au combat. Elle sourit tandis qu'une ombre passe sur le visage de Frida. Sa sœur ne pleure plus, elle devrait se sentir soulagée. Et pourtant non.

6

La peur à Besançon venait de ce qu'elles habitaient au dernier étage. L'immeuble était petit, datant de l'immédiat après-guerre, avec en son centre une cage d'escalier carrelée et sonore. Elles entendaient monter le père le soir. Il n'y avait plus que la fenêtre pour s'échapper. Elles s'installaient à leurs bureaux, chacune contre un mur de la chambre, et se taisaient. Elles auraient pu se coaliser. Mais partager sa peur ne rassure pas, bien au contraire. La mère non plus ne rassurait pas. Aujourd'hui encore, lorsqu'elles entendent quelqu'un monter un escalier, le cœur des deux sœurs marque un incontrôlable arrêt. A Corvol, l'escalier de bois grince. Il a fallu longtemps à Perla pour aimer ce modeste grincement, signe du temps, signe du chêne dont on a extrait les marches. Chez Frida un ascenseur s'ouvre sans bruit sur un palier moquetté. Et le visiteur s'annonce depuis le rez-de-chaussée grâce à un interphone. Il est impossible de ne pas maîtriser qui entre chez soi. Rue de Lunel, dans l'immeuble parisien de Perla, il y a un escalier que personne ne prend, tournant autour d'un vieil ascenseur dont les portes battent bruyamment d'un étage à l'autre. Pour peu que l'on soit dans l'entrée de son appartement, on entend chaque mouvement d'ascenseur et on peut dire quel étage a de la visite. A Besançon, le rythme du père était toujours lent et lourd et il n'y avait pas beaucoup de visites. Lorsqu'on a monté l'escalier de bois de Corvol on peut redescendre par un autre endroit. Le premier étage communique avec un grenier à grain d'où une échelle de meunier vous ramène à l'étable avec sa mangeoire et sa terre battue. On pousse la porte de planches à deux panneaux et on se retrouve au paradis, au jardin. On peut à nouveau rentrer soit par la porte du cellier soit par celle du salon qui donnent toutes deux sur le jardin et à nouveau ressortir, et recommencer. Les garçons ont joué à ça petits, galopant avec des épées de bois qui dorment dans un coffre au milieu des souvenirs, capes de chevalier, Meccano et sacs de billes, ils parcouraient le jardin avec leurs parties de billes, les deux aînés et le petit suivant derrière, c'est si loin mon Dieu, c'est si loin. Les sœurs, officiellement, ne pensent jamais à Besançon. Elles ne remontent qu'à Grand-Couronne, banlieue de Rouen, à leur mère et à Bernard le beau-père, à la petite Annette qu'elles ont promenée dans sa poussette. Jamais elles ne parlent de Besançon. Elles ne savent pas que lorsqu'elles parlent de tenue vestimentaire, des saisons qui n'en sont plus ou des programmes scolaires, elles parlent de Besançon. Elles ne savent pas ou plutôt elles ne veulent pas savoir que lorsqu'elles arpentent sous la houlette de Perla les sentiers battus de leurs conversations, toujours elles parlent de Besançon. Besançon n'est pas qu'une victoire de César dans la *Guerre des Gaules*, c'est la grande victoire du père sur ses enfants qui après leur avoir donné la vie s'acharne à les écraser mieux que César ses ennemis. Une victoire complète, un grand général, le père, tout le monde n'a pas eu la chance d'en avoir un aussi brillant. Ceux, les enfants, qui ont eu des sous-fifres, des petits caporaux, des moins-que-rien de la trique, ceux-là on les voit disserter avec de grands mots aux terrasses des bistrots ou sur les plateaux de télévision de ce grand secret de polichinelle à savoir que les parents veulent la mort de leurs enfants, pas la mort physique encore que cela arrive, il y en a qui ne maîtrisent pas leurs coups, et que l'inverse est également vrai, les enfants veulent la mort de leurs parents. Mais ceux qui ont eu un brillant César comme père, maître en art d'écrasage, ceux-là, ils se taisent, comme se taisent Perla et Frida. Et pour ceux-là les mots peuvent être très dangereux, excessivement dangereux. Elles ont préparé le dîner, ou plutôt Frida a regardé Perla préparer le dîner. Une fricassée de champignons ramassés l'automne dernier et séchés par ses soins et un rôti. Du foie gras en entrée, du baba pour le dessert, Perla oublie ou fait semblant d'oublier le régime de Frida. C'est sa forme d'amour, la meilleure qu'elle connaisse, qui remonte à Rouen. Et elles sont passées à table, dans un recoin du salon réservé à cet effet. Pas question pour Perla d'installer une table dans la cuisine. On ne déjeune pas en face de la cuisinière ou du frigidaire, dit-elle. On efface les préparatifs, on dîne au salon où le repas doit se dérouler avec aisance et grâce. On ingurgite, on digère, on défèque le lendemain dans la plus parfaite ignorance du travail externe et interne. Elles parlent de Nicolas qui au fond n'a jamais aimé son métier, la fiscalité, il avait des dons pour le dessin, la peinture, au début il peignait dans la région, il se mettait sous les lavoirs quand il pleuvait, il aimait cette lumière de la pluie, et il peignait ce qu'il voyait à travers les traînées de pluie. Il y a des tableaux de vaches et de chèvres dans le couloir au premier, mais depuis longtemps déjà son chevalet dort au grenier. Il n'aurait pas dû se mettre à son compte. Qu'est-ce qui lui a pris de se mettre à son compte alors qu'il n'aime pas la fiscalité ? Il est encore loin de la retraite, cinquante-cinq ans, en pleine force de l'âge, et Perla sent qu'il a baissé les bras. Mais enfin il va bien falloir qu'il aille trouver les banques ! Frida écoute sa sœur qui boit, qui mange, qui parle, qui essuie une larme et remplit son verre, qui se débarrasse de la vie de son mari comme on froisse une feuille de papier. Elle semble avoir oublié la menace, elle a repris ses marques. Le foie gras est exquis et Frida aussi s'est resservie à la grande joie de sa sœur qui veut absolument qu'elle en reprenne une troisième fois : « Allez, ressers-toi avant que nous n'ayons plus que du thon en boîte ! » Mais Frida tient bon et Perla apporte la suite. Dans un plat ovale, elle a découpé le rôti saignant qu'entoure une guirlande de cèpes et de girolles parsemée d'ail et de persil. Elle le pose à côté de sa sœur. « Sers-toi bien, lui dit-elle, ça se mange tout seul. » Sous les couverts de service, la viande rouge sang est beaucoup plus molle que du bœuf. « Qu'est-ce que c'est ? » « Devine. » Frida goûte. C'est incroyablement tendre, moelleux, goûteux. Peut-être de l'autruche ? « C'est le fermier qui me l'a donné. Un produit de sa chasse. » Alors elle sait : « Du chevreuil ? » « Presque. De la biche. C'est bon, hein ? » « Vraiment délicieux. » Elles se taisent. La viande fond contre le palais, pas un nerf, pas une résistance, une caresse dans la bouche, légère par son contact et profonde par le goût. Le goût ne se limite pas à la bouche. Il envahit toute la tête, le cerveau et sa mémoire, toute la vie, le goût fait remonter toute la vie. Le goût est une chose subtile et volatile, un plaisir impossible à comprendre, le goût peut rendre fou celui qui cherche à tout comprendre. Non, jamais je n'ai mangé quelque chose d'aussi bon, constate Frida. « Ça vaut bien le caviar, hein ? » lance soudain Perla en riant. Et Frida aussi répond en riant : « Ça vaut bien le caviar. » Il y a un moment de silence, d'affolement intense où les deux cœurs perdent leur rythme sous un afflux de sang. De Téhéran jamais rien ne rapportait le père, sauf une grosse boîte de caviar gris qu'on mangeait en famille. Perla remplit les verres et ajoute, frondeuse, que le caviar c'est dégueulasse, et en plus ça glue. « Tais-toi », répond Frida. « Pourquoi, t'es pas d'accord ? » Frida de toutes ses forces repousse le mot caviar, l'image caviar. Elle ne veut pas chavirer dans l'image du caviar. Elle s'accroche à la première idée qui passe dans sa tête, une idée dans l'air du temps. Elle se croit sauvée. Mais on ne peut pas effacer un mot prononcé. On ne peut pas retenir la machine qu'il arme.

– Ça ne te dérange pas, demande Frida, de manger de la biche ?

– Pourquoi pas ?

– Je ne sais pas. C'est beau.

Elle coupe un morceau, le pique de sa fourchette, le regarde avec concentration, le met dans sa bouche. Exquis. Pourtant sa gorge se serre autour du morceau mâché qui passe lentement.

– Tu manges bien du veau. As-tu déjà vu un veau, un veau d'un mois, blanc comme neige avec son museau de porcelaine ? C'est très beau, un veau. Tu le manges bien !

– C'est moins beau qu'une biche. Bukowski dit que les yeux des biches sont plus beaux que ceux des femmes.

Elle se fout des biches et des veaux mais elle continue son idée pour maintenir au loin le mot caviar, l'image caviar.

– Ressers-toi, ce n'est pas bon réchauffé.

– Tu me prends pour un ogre !

– Et moi je suis une ogresse, dit Perla en remplissant son assiette avec gourmandise.

Frida la regarde mâcher la biche. Ça la trouble. Elle demande la permission d'allumer une cigarette.

– Tu as programmé ton cancer pour quand ? soupire Perla.

Frida ne relève pas. Elle fume, ça la tranquillise. Sa sœur nettoie son assiette jusqu'aux dernières traces de sauce.

– C'est normal que tu grossisses, avec ce que tu avales !

– Je suis pas comme toi, je me fous de mon corps !

– Et moi je me fous de mon cancer !

Elles rient toutes les deux. Perla franchement, tandis qu'un petit hoquet franchit seul les lèvres de Frida.

– C'est bon de s'en foutre, hein ? ajoute Perla d'un air content.

Frida qui n'a jamais su s'en foutre de quoi que ce soit ne répond pas. Elle repousse son assiette d'un geste nerveux car il lui a soudain semblé que c'était l'assiette de porcelaine rose où sa mère mettait le caviar. L'assiette la nargue. Elle s'efforce de l'ignorer. Se concentre sur la chasse à la biche.

– Moi, ça me dérange de manger de la biche. Je peux comprendre qu'on en mange quand on a faim. Mais quand on n'a pas faim, non.

– T'es contre la chasse maintenant ?

– Non. Tu peux tuer tous les lapins, les faisans, les sangliers, les cerfs, les chevreuils et les bécasses, tu peux en débarrasser la Terre si tu veux, mais pas les biches.

– Ce que t'es chiante ! Je te prépare un plat exquis et tu chipotes.

– Excuse-moi.

Un premier grondement, lointain, sourd, monte par les fenêtres ouvertes.

– Qu'est-ce que tu fais cet été ?

Quelle garce ! Elle lance le mot caviar sur la table, elle le laisse là, et maintenant il faut que je lui raconte mes vacances comme si de rien n'était ! Qu'est-ce qu'elle veut ? Qu'est-ce qu'elle me veut ? Frida regarde sa sœur et tente d'évaluer ce qui se cache derrière son sourire. Mais forte est Perla. La force est un fossé qui sépare les deux sœurs. Impossible d'imaginer qu'elle a passé la nuit à ne pas dormir et qu'un expert s'apprête à la dépouiller de son bien. Forte est Perla. Du jour où elle a compris qu'il existait autre chose que l'appartement de Besançon, qu'elle n'était pas condamnée à vivre toute sa vie à Besançon dans l'ombre de cet homme qui portait beau et frappait, elle a été fortifiée pour toute sa vie.

Frida fixe les restes du rôti épargnés par Perla. Elle a devant elle un tout petit morceau de barbaque sanguinolente couché sur de la porcelaine. Or, le caviar, ce sont des œufs. Cela ne se confond pas. Il n'y a pas de caviar sur la table. Rien qui de près ou de loin ressemble à du caviar. Ça suffit la peur, maintenant. Arrête avec ça, Frida.

– Tu ne vas pas à Sète chez Christine ?

Un souvenir crève comme une bulle dans la tête de Frida. Le jour du caviar, après le déjeuner, est-ce qu'il n'arrivait pas au représentant de dire à leur mère : « Au pieu, ma biche » ? Soudain, non, elle se souvient, il disait : « Au pieu, poussin », oui, poussin, et elles, ses filles, elles attendaient dans l'appartement construit après la guerre où l'on entend tout. Une énorme tristesse s'empare d'elle, à briser ses poumons. Perla ne peut pas ne pas le remarquer. Elle a beau fumer, certainement que sa tristesse a envahi son visage ! Pourtant Perla demande à nouveau : « Tu ne vas pas à Sète chez Christine ? »

Et maintenant sa vue s'est brouillée. Elle écarquille les yeux mais elle ne sait plus ce qu'elle voit : un peu de viande, des œufs noirs et gluants ou le poussin battant des ailes au pieu avec le père. Perla finissait par descendre dans la cour mais elle, elle ne pouvait pas. Elle écoutait. A la fin, elle regardait par le trou de la serrure, ils dormaient enlacés. Ça faisait mal à crever.

Perla voit le pli se creuser sur le visage de sa sœur. Un pli qu'elle connaît bien, un pli qui se boursoufle avec l'âge. Elle a envie de l'effacer, de lui tirer la peau. Elle l'ennuie avec son histoire de biche. C'est toujours comme ça avec elle, on parle de tout et de rien et tout d'un coup elle se tait. Et puis décidément, cette tenue ne lui va pas. Elle voudrait qu'elle redevienne la jolie Frida, la Pompadour, comme dit Nicolas, celle qui lui fait peur avec ses cheveux trop bien coiffés et ses talons hauts. C'est pas bien qu'elle soit en bermuda, si près d'être nue sans son armure. Il ne faut pas que les sœurs soient nues. Perla pense qu'elle doit faire attention, qu'elle est en train de trop boire, mais oh être une fois vraiment, vraiment saoule, savoir ce que c'est de marcher à quatre pattes, dire n'importe quoi, pas pouvoir monter se coucher, rester au bas des marches. Forte est Perla, coriace est Perla mais faible ce soir elle voudrait être, sans son casque et son bouclier, tous deux déposés à ses pieds. Mais nue elle voudrait être, et que Frida le soit aussi. Les deux sœurs toutes nues à Corvol roulant sur le tapis comme deux petites bêtes joyeuses. Au lieu de ça, elle affiche ce pli comme une barre sur son visage, un panneau d'interdiction. Elle est comme ça, Frida, rabat-joie.

Enfin Frida dit que oui, elle ira chez Christine. Elle y va tous les ans, c'est sa seule amie. Elle se lève pour débarrasser les assiettes. Ses mocassins neufs lui font mal aux pieds. Perla a fini le rôti. Elle pense que ce qui sauve sa sœur, c'est la gourmandise. Dans la pire des situations, elle se rattrapera à des carottes Vichy ou du fenouil au parmesan. Elle apporte le baba. Elle apporte toujours un baba. Le tonnerre roule au loin. Un tracteur ébranle la rue. Perla trouve que, le bourgogne étant fini, on pourrait revenir au sancerre.

– Tu bois trop, dit Frida.

– On boit quand on a des dettes !

Frida ajoute mentalement une ligne à l'inventaire de ses afflictions dont elle tient le compte sur un petit carnet : Perla suit les traces de son père. Ça ne m'étonne pas. C'est pour cela qu'elle a parlé du caviar, parce qu'elle est déjà ivre. Sur ce carnet, à chaque page depuis son départ, elle a écrit le nom de Jérémie. Un jour elle s'est dit : Sois équitable, tiens aussi l'inventaire de tes joies. Sur chaque page également, elle a écrit : Jérémie. Et un jour : J'ai une élève exceptionnelle, Isabelle T.

– Des dettes, des dettes ! Les banques lui prêteraient, c'est évident. La vérité, c'est qu'il en a marre de cette maison.

– Il en a peut-être marre que tu ne t'occupes que d'elle, répond Frida, affligée de la banalité de ses propos.

Qu'est-ce qu'elle fait là ? Elle ne veut pas de cette conversation. Elle ne veut pas être prise à témoin de la vie de sa sœur. Elle n'aurait pas dû venir. Yacine l'attend. Elle est soudain envahie de chagrin pour Yacine. Elle l'imagine à la fenêtre de sa cellule essayant de communiquer avec ses voisins par toutes sortes d'astuces.

– Tu n'y connais rien, tu es célibataire, poursuit Perla en finissant son verre, tu n'as même pas été fichue de te marier.

– Je suis restée cinq ans avec Jérémie ! répond Frida, piquée.

– Rien à voir. Tu ne peux pas savoir. Tu n'es pas dans le secret. On sait, nous les mariés, on sait tout ça, que ça finit forcément comme ça, on s'est aimé, on s'est bien aimé – sa diction trébuche à cause de l'alcool –, on a voulu aller jusqu'au bout, on est allé jusqu'au bout et puis c'est fini, il n'y a plus rien, rien d'autre qu'une histoire en commun. Il faut chercher autre chose, autre chose que l'amour, et continuer à vivre ensemble. Pourquoi recommencer ailleurs ? Ce serait comme croire au miracle. Y a pas de miracle. Ne crois pas ça, Frida, ne crois pas que tu recommencerais mieux ailleurs. Ne te charge pas de ce regret. Moi, j'ai la maison, je ne sais pas ce qu'il a, Nicolas, peut-être qu'il est abonné à des revues porno. Je lui dis qu'il devrait se remettre à peindre.

– Et nos parents alors, qu'est-ce qu'ils avaient ? Lui encore je peux deviner, il avait un sacré passe-temps avec nous. Mais elle ?

Cette fois, c'est Perla qui reste muette.

– Un passe-temps, finit-elle par laisser tomber. Tu appelles ça un passe-temps ?

– C'est toi qui as commencé.

– Je me demande pourquoi ils se sont mariés. Personne ne les a obligés.

– Ils ont dû s'aimer au début, comme tu dis.

– On est né vite pourtant.

Elles se taisent. Elles ne peuvent plus parler. Et dans le silence arrive le vent.

7

La fenêtre de la cuisine claque. Perla se précipite. « J'ai pas encore tuteuré les roses trémières ! » crie-t-elle en montant fermer les fenêtres des chambres. Frida écrase sa cigarette et se dirige lentement vers la baie vitrée.

Les nuages courent devant la lune comme au cinéma. Le vent par rafales s'abat sur le jardin, échevelle les arbres, couche les massifs. Toute la vallée fait un bruit de mer avec ses flots de feuillage secoué, retourné. Seules les charmilles se tiennent immobiles. Vous connaissez Eole, n'est-ce pas, Isabelle ? Eole est un sous-dieu, une sorte d'esclave qui vit sous terre. Il ne choisit rien, il déchaîne quand on lui dit de déchaîner. Il est au service de la colère. La colère vient le voir et lui dit : Vas-y. Et il y va. Il libère à l'aveugle. Elle entend sa sœur descendre l'escalier de chêne. La voilà debout près d'elle, un peu haletante, son souffle contre son oreille distinct de celui du vent. « Ça menaçait depuis trois jours ! » dit Perla. Elles restent l'une à côté de l'autre à contempler le déchaînement du vent, comme hypnotisées. Et voilà qu'aussi subitement qu'il s'est levé, le vent tombe. Il se fait un nouveau silence, une angoisse au cœur. Quelque chose retient son souffle. Un éclair zèbre le ciel. Le tonnerre claque à faire trembler les vitres. Elles restent là, les yeux perdus sur la fenêtre maintenant obscure, fixés sur le noir de la fenêtre. Elles pensent à la même chose. Elles sont certaines que l'une et l'autre dans l'enveloppe séparée de leurs corps pensent exactement à la même chose au même moment. Il y a un nouvel instant, un instant d'angoisse et de solitude allant de l'une à l'autre, qu'elles partagent parce qu'elles sont sœurs. Perla retourne s'asseoir. Les éclairs, dit-elle, c'est bon pour le jardin, ça provoque une décharge d'azote, rien de meilleur pour le jardin que l'azote.

Les yeux des biches sont des éclairs, pense Frida. Ils voient d'autres choses que nos yeux à nous. Je chute, je tournoie dans le vide. J'ai bu le lait de l'Université, mon *alma mater* et Jérémie aussi m'a serrée contre lui. Ils n'ont rien empêché. J'ai huit ans. Je chute. Les élèves, en vain. Le compte bancaire, en vain. Le plaisir, en vain. « Viens finir le baba », dit Perla. Impossible de retourner finir le baba. Comment a-t-elle pu manger du baba pendant tant d'années ? Elle ne peut pas retourner si près de sa sœur, pendant cet orage, alors qu'elles sont seules au milieu de la nuit avec leurs cinquante et cinquante-deux ans qui se sont enfuis, deux sœurs décapées jusqu'à l'os, dans la même pièce sous la furie du ciel, réduites à cela qu'elles sont vraiment, des petites filles, des petites sœurs de huit et dix ans, terrifiées, terrées, et puis dix et douze ans, grandissant encore, toujours tâchant de se rendre transparentes avec leurs seins qui pointaient, qui poussaient et qu'il ne pouvait pas ne pas voir quand il entrait dans leur chambre, et qui déchaînaient sa brutalité, comme les vents soudain déchaînés par on ne sait quelle main. Et maintenant leurs seins sont vieux et rien n'est oublié. Et Yacine a séquestré un type avec un copain. Ils l'ont tabassé à coups de pied et de poing, ils l'ont attaché au tuyau brûlant de la chaudière, sans eau sans nourriture pendant deux jours. Et chaque fois qu'ils ouvraient la porte de la chaufferie, la haine montait en eux, le type avait cru les entuber, c'était plus fort qu'eux, la brutalité, la brutalité qu'ils ne pouvaient pas retenir. Ils ouvraient la porte par plaisir, pour laisser aller le désir qui montait et s'épanchait en brutalité. Un salaud, madame, il faut qu'il paie pour ce qu'il a fait. Perla payait la première. Elle récoltait les restes. Il choisissait d'abord Perla pour frapper. Elle va prendre un dictionnaire et s'assoit sur la banquette du piano. L'orage cerne la maison. C'est un orage sec. Ses mains tournent les pages avec peine. Elle cherche le mot biche :

« *Bische*, 1160 ; lat. pop. *Bistia* pour *bestia* bête. » Biche vient directement de bête. Pas la sauvage, celle qui fait peur, non, la commune, la familière, celle dont on abuse à cause de sa douceur. Et derrière douceur, elle entend douleur. Mais bêtise aussi, il faut aussi entendre bêtise, dit le dictionnaire, bêtise vient de *bestia*. Elle tremble. Elle veut poursuivre. Noir. Les plombs ont sauté.

La foudre est tombée sur un transformateur quelque part dans la vallée. Perla a beau enfoncer le bouton du disjoncteur, rien n'y fait. Noir. Il fait noir. Dans le noir rougeoie le feu. Frida a peur. Elle ne tiendra pas longtemps. Plus elle vieillit, moins elle résiste à la peur. Perla revient avec une bougie. Sa main tâtonne vers sa sœur qui recule, effrayée. Elle n'est pas de celles qui reçoivent des baisers dans le noir.

Perla allume les chandeliers de la cheminée, dispose des bougies sur les meubles, déniche une vieille lampe à pétrole de leur grand-mère, une lampe au ventre de verre rose et au pied de laiton. Elle transforme la maison en palais de féeries, disséminant éclat et ombre, balisant le chemin qui conduit au frigidaire, gardien du sancerre. Dehors, la pluie s'est mise à tomber, drue, lourde, bruyante. Perla pose la dernière bougie sur le piano et s'assoit sur la banquette à côté de sa sœur recroquevillée sur elle-même.

– Tu vois comme il brille, murmure Perla en lui montrant le piano. Je vais te dire un secret. Chaque fois que je le cire, il fait de la musique. Tu me crois ?

– Je ne sais pas.

– Mais non, tu ne me crois pas. Je suis folle, Frida. Arnaud va obtenir son *masters* à Columbia, je m'en fous. Laurent s'est marié, ça ne m'a rien fait.

Silence de Frida.

– Je leur bâtis un paradis et ils ne viennent pas.

Elle va remplir les verres de sancerre et Frida ne refuse pas. Elles boivent à petites lampées toutes les deux sur la banquette.

– Quelquefois je rêve que mes yeux sont tombés par terre et que quelqu'un va les écraser. Tu vois pas qui ça pourrait être ?

– Arrête, Perla, supplie Frida qui n'a plus qu'un filet de voix.

– C'est papa bien sûr, tu crois pas ? C'est dégueulasse de penser ça, non ?

– C'est pas dégueulasse, Perla.

– Peut-être qu'il ne pouvait pas faire autrement.

Frida a un haut-le-cœur. Elle se lève, s'agrippe au piano, cherche désespérément à se sortir du piège.

– T'as pas un pied-de-biche ?

– Oui, je crois.

– Où est-il ?

– Tu vas pas bricoler à cette heure !

– Je voudrais voir si un pied-de-biche ressemble à un pied de biche. C'est pour mes élèves.

– Ben oui, bien sûr. Les biches ont un sabot fendu en deux. Ça fait deux doigts. L'instrument a deux dents.

– Où est-il ?

– Dans la grange avec les outils. On va pas sortir avec l'orage. On ira demain.

– J'ai trop bu.

– Merde, ça fait du bien de boire. M'abandonne pas, Frida. Tiens le coup.

– J'ai besoin d'air.

Elle se dirige vers le vestibule, c'est un beau mot, mes enfants, le vestibule, les Romains aussi avaient des vestibules, trébuche dans l'ombre, ouvre la porte sur la rue, avance sur le perron. Perla la tire par la manche : « Rentre, tu vas être malade. » Mais Frida n'entend plus. Elle descend l'escalier, s'avance sous la pluie. Perla s'exclame, va chercher une lampe de poche et la suit en rouspétant. Frida accélère le pas. Elle voit le rond de lumière danser devant elle. Elle entend les pas de Perla et sa voix essoufflée qui dit : « Attends-moi, attends-moi Frida. Arrête-toi là, sous le lavoir, on sera à l'abri. » Frida ne veut pas s'arrêter, elle veut partir. Et pourquoi elle l'emmerde avec ces histoires ridicules de piano et de cire ? Le monde pour elle n'est pas composé de poutres, de meubles et de charmilles. Il est composé d'élèves qu'il s'agit d'amener à être des hommes et des femmes, alors qu'elle lui foute la paix. Elle titube. Elle va vomir. Sa sœur la rattrape par le bras. Quand même, elle tient sacrément l'alcool, Perla, pense-t-elle tandis que la nausée l'envahit. Jamais je n'aurais soupçonné qu'elle tenait aussi bien l'alcool. Elle doit boire toute seule à Corvol. Si seulement elle n'avait pas si mal au cœur, elle lui dirait qu'elle a tout deviné : elle boit, comme leur père. En Iran, tout seul, il avait pris l'habitude de boire, les ayatollahs n'étaient pas encore au pouvoir. Il continuait à boire à Besançon.

Normal. Fallait comprendre, pardonner sa brutalité. Nicolas sait qu'elle boit et il veut vendre pour que ça s'arrête, que tout ça s'arrête. Qu'il vende, qu'il vende, elle s'en fout. Elle se penche et vomit. Sa sœur la traîne sous le lavoir, l'assoit sur la margelle où autrefois les femmes battaient le linge dans l'eau froide, l'hiver elles cassaient la glace, Maupassant, Victor Hugo, oui mes enfants, ce n'est pas si vieux, ce n'est pas du roman, c'est du vrai plus vrai que du vrai. Sa sœur trempe sa main dans l'eau et lui essuie la bouche. Quelque chose n'est pas dans l'ordre. Ce n'est pas à elle de la consoler. Qu'elle lui foute la paix, bon Dieu ! J'ai vomi la biche, regarde, j'ai vomi la biche. La pluie fait du bruit sur les tuiles. Ça va ? Ça va mieux ? Ça va aller mieux maintenant. Tu veux qu'on reste un peu ? Non, je veux voir le pied-de-biche. Tu nous emmerdes. S'il te plaît. Elle essaie de se lever, mais ses jambes ne la supportent plus. Elle pense : pourquoi j'ai jamais pu partir, Perla ? Mais elle dit : « Quand j'ai découvert la linguistique, j'ai trouvé ça prodigieux. » « Oui », répond Perla.

Elles se mettent en route, l'une soutenant

l’autre. Il pleut toujours, un peu moins fort cependant.

8

Et maintenant je n’y crois plus. Ce n’est pas en apprenant le fonctionnement de la langue qu’on apprend à parler. Il faut que tu saches une chose, Perla, si on n’a jamais autant demandé leur avis aux élèves, elle secoue le bras de Perla, c’est parce qu’on sait qu’ils n’en ont pas. Ils n’en ont pas parce qu’on ne leur apprend pas à en avoir. Elle crie dans la nuit, elle prend la pluie et la nuit à témoin du malheur de l’enseignement du français. On ne réfléchit plus sur le sens du texte, c’est indécent, le sens, c’est pornographique, le sens. On parle de la catégorie d’un texte, de son énonciation, de son champ lexical, de sa progression, point final. Il n’y en a plus que pour la technique. Le chien du fermier aboie. Ce que dit le texte, on le fout au trou. Alors tu imagines si on s’intéresse à la pensée des élèves. On leur fait croire qu’on leur apprend à réfléchir pour qu'ils n'aient jamais l'idée que réfléchir, c'est autre chose que de trouver trois arguments simplistes contre la guerre. La linguistique a opéré cette supercherie : remplacer la pensée par l'analyse du système. Tu comprends, Perla ? Perla dit qu'elle comprend, lui demande de parler moins fort. J'ai tellement aimé la linguistique, Perla. La linguistique m'a sauvée. Je suis entrée dans l'abstraction et l'abstraction était un plaisir. Je me suis crue intelligente. La pluie trempe leurs vêtements. Il m'a fallu rencontrer Jérémie pour comprendre que j'enterrais l'essentiel. La pluie leur coule dans le cou. J'ai une élève qui s'appelle Isabelle. Tu ne connais pas Isabelle, Perla. C'est l'être le plus acharné vers l'abstraction que j'aie jamais connu. Elle ne mange pas et ça lui plaît. Elle ne regarde pas les garçons et ça lui plaît. Elle fait des équations et du français nuit et jour. Ses yeux sont immenses mais on dirait qu'ils ne voient rien. Elle n'a pas d'amis. J'essaie de lui parler. Elle se cache, elle se croit forte. Elle veut ligoter sa vie. Elle ligote, elle ligote. Et moi je supporte plus son visage ligoté. Qu'est-ce que je peux faire ? Elles longent le mur de pierres et pénètrent dans le jardin par le fond, poussent la porte de la grange.

Perla balaye les murs du faisceau de la lampe, s'arrête dans un angle. « Le voilà », dit-elle. Frida dégage l'instrument et le maintient dans la lumière.

– Ça ne ressemble pas à un pied de biche ! Comment peut-on appeler pied-de-biche un instrument qui a un angle droit ?

– A cause des deux doigts, comme dans la machine à coudre. Tu sais qu'il y a un pied-de-biche dans une machine à coudre ?

Frida est déçue. Elle expliquera à ses élèves la formation métaphorique du mot. Elle abordera peut-être la notion de sème. Mais elle s'attendait à autre chose, elle ne sait pas quoi, quelque chose de plus concret, de plus évocateur. Elle pensait au faune, par exemple. Elle pensait à la fourrure, la fourrure que l'on caresse et qui donne la chair de poule. Non, elle pensait au collant, oui c'est ça, au vieux collant de laine dont sa mère leur couvrait les jambes pour que les autres ne voient rien. Elle le sent sur sa peau. Ça démange tellement. Ce n'est pas supportable. Qu'elle le déchire, qu'elle dévoile à tous et à toutes le visage du représentant, et qu'ils entendent les mots dont il accompagnait ses coups. Avec son pied-de-biche, un immense coup dans les jambes elle voudrait lui donner. Mais elle ne peut seulement pas bouger, tétanisée dans la grange.

Elle sent le froid du pied-de-biche dans sa main crispée. Elle ne veut pas le lâcher. Perla retourne un seau et s'assoit dessus, pose la lampe par terre. La lumière rampe, attrapant les pieds nus de Frida, les jambes fragiles et nues dans le bermuda de madras. Elles sont émouvantes, ces jambes. Tout à l'heure, elle a lavé la bouche salie de sa sœur avec l'eau du lavoir. Ça lui a rappelé quand elle soignait les garçons. Jamais elles ne se sont touchées, même petites. Et maintenant il y a ces deux jambes qui sortent du bermuda à la maigre lumière de la lampe de poche tandis qu'elle, elle est dans ce gros corps affaissé sur un seau de fer retourné. On dirait des vaincues, des épaves au milieu d'une armée de râteau, de pelle, de bêche, de fourche, de brouette et d'arrosoir.

– Lâche ce pied-de-biche, Frida. Je suis fatiguée.

– Je peux pas.

– J'ai froid. Je voudrais rentrer.

– Attends. Il y a un garçon à la maison d'arrêt de Bois-d'Arcy...

– Tu vas pas me raconter la misère du monde !

– Il a cassé une jambe à un type avec quelque chose comme ça.

– Arrête. Ça ne m'intéresse pas.

– Une fois, j'ai voulu frapper au bureau de la directrice pour dire que ça n'était pas une grippe que tu avais. Je me suis enfuie quand elle a dit : Entrez.

– Allez, pose ce pied-de-biche. C'est trop tard. Il est mort, Frida.

– Pardonne-moi.

– Quoi ?

– Pour la directrice.

– Je ne t'en veux pas.

– Je ne le crois pas. Tu me détestes. Dis que tu me détestes.

– Non. Et puis toi aussi...

– Non, pas moi aussi, tu sais bien...

Sa voix se casse, s'étrangle. Elle ne peut pas poser le pied-de-biche qu'elle tient maintenant à deux mains comme si elle s'y agrippait, s'y retenait.

– Ça durait tellement avec toi... Et puis quand c'était mon tour, j'avais droit à un ou deux coups comme pour me jeter loin de lui, signifier que je devais débarrasser le plancher. Un dégoût mortel, un mortel dégoût il avait de moi. Je voulais te consoler. Je pouvais pas.

– Je n'aurais pas voulu. Donne-moi le pied-de-biche.

– Bien sûr que si tu aurais voulu. Arrête de mentir. La biche, le caviar. Tu as tout calculé.

– Et moi je croyais l'inverse..., dit Perla d'une voix très lasse. Qu'il t'aimait mieux, qu'il t'épargnait.

– C'est vrai ?

– Oui.

Le pied-de-biche tremble dans la main de Frida.

– C'est bête, hein ? Allez, c'est vieux tout ça. Donne-moi le pied-de-biche.

Frida se trouve complètement dépitée. Elle regarde avec incompréhension sa sœur qui s'est levée. Elle ne peut pas donner le pied-de-biche. Sa main est comme collée dessus. Mais elle veut bien rentrer, avec le pied-de-biche. Perla hausse les épaules. Elles traversent le jardin sous la pluie et les éclairs.

9

Elles ruissellent sur les tomettes de la cuisine. L'horloge franc-comtoise sonne deux heures. Elles enlèvent leurs chaussures et montent se changer, Frida toujours avec son pied-de-biche collé dans la main. Elle le pose sur un fauteuil le temps de se déshabiller, se frotter avec une serviette, enfiler un peignoir. Elle chausse ses escarpins secs, raffermit sa marche. Elle reprend le pied-de-biche. Descend avec. Perla a changé de robe. Elle prépare le feu dans la cheminée. Elle voit le pied-de-biche, ne dit rien. Elle est allée chercher une bouteille de whisky.

– Ne crois pas que ce soit une habitude, dit-elle. Je bois peu.

– Moi non plus je n'ai pas l'habitude de m'agripper aux pieds-de-biche.

– Restons ensemble, ne nous couchons pas. Non, ne nous couchons pas. Veillons toute la nuit, toi et moi.

– Je veux bien.

Frida frissonne. Elle pose le pied-de-biche,

elle le couche au pied du canapé comme un petit chien. Elle s'assoit en tailleur sur les coussins avec sa tristesse à lui briser les poumons et regarde en penchant la tête sa sœur qui manie la pince à feu.

Le feu flambe et la chaleur revient dans les corps. L'escalier de Besançon s'estompe. Les sœurs se détendent, enveloppées par le grand canapé rouge de la maison de Corvol. Et les instants fragiles qui se sont glissés entre elles depuis le début de la soirée ouvrent leur corolle à présent et s'épanouissent en un grand et unique instant, une mer douce au clapot tendre. Elles le sentent, et l'une autant que l'autre s'y laissent emporter. C'est la première fois.

– Je vais te raconter une histoire, dit Perla et sa voix se colore de douceur. Quand le printemps arrive et que l'air tiédit, quand l'herbe nouvelle sort de terre, les vaches quittent l'étable pour retourner au pré. Le fermier choisit le jour avec soin. Le sol doit être sec, sous peine de voir le pré rapidement transformé en flaque de boue. Deux ou trois hommes viennent aider car les vaches sont nerveuses et impatientes. Elles ont deviné. Le fermier ouvre la barrière et les laisse passer en paquets de cinq ou six. On ne les lâche pas toutes ensemble par souci des veaux qu'elles pourraient blesser. A peine sont-elles de l'autre côté qu'elles deviennent comme folles. Elles galopent en tous sens. Elles jettent leur croupe en l'air. Même les plus vieilles. Hier encore tu les voyais impassibles, broyant le foin dans l'étable l'œil éteint. Aujourd'hui une énergie incroyable secoue leur grosse masse. Le bonheur, l'instinct, l'herbe tendre. Ça dure cinq minutes. Puis c'est fini. Elles se mettent à paître exactement comme si elles n'avaient jamais quitté le pré. J'aime cette histoire. L'odeur de l'herbe les bouleverse. Elles en ont gardé un souvenir intact dans l'obscurité de l'étable.

– Comme nous le caviar.

– Oui.

– Tu n'as pas oublié alors ?

– Non.

– Tu as fait exprès de parler du caviar ?

– Non.

– Mais après tu as insisté. Tu as fait exprès.

– Oui.

– Ne le fais plus.

– Tu ne peux pas continuer à vivre comme ça.

Elles se taisent. Le feu flambe. Les bougies brûlent. Il y a des gens qui ont des résidences secondaires, des maisons qu'ils achètent pour passer les week-ends dans lesquelles ils se rendent avec leur Espace et leurs gosses. Des maisons où on fait du poney le samedi après-midi et des fêtes le samedi, des maisons qui meurent tous les dimanches soir. Y a-t-il vraiment de telles maisons ? Certainement il y en a, fermette, manoir, maison de bourg, maison de maître, la France est pleine de résidences secondaires. Mais Corvol est autre. Corvol est un château en guerre dont les lances sont des fleurs et les bannières des tentures indiennes. Perla en est l'architecte et Frida le comprend enfin. Et elle se souvient qu'il doit être vendu. Elle dit :

– Toi non plus tu ne peux pas continuer.

Le tapis Boukhara remue à la lueur des flammes. Il pleut encore contre les vitres mais l'orage s'est éloigné.

– Moi si, moi je pourrai continuer parce que les élèves m'attendent. Mais toi tu as choisi le monde des choses. Cela me paraît si bizarre de choisir le monde des choses. Est-ce que tu as déjà consulté un psychiatre ?

En posant cette question, Frida quitte le

feu des yeux. Perla le sent, tourne la tête. Elles se regardent l'une l'autre. Leurs visages restent face à face, sans protection, les cheveux mouillés, le maquillage bouffé depuis longtemps.

– Une fois. Il y a longtemps. Nicolas m'y a poussée parce que je fais des cauchemars. Le psy m'a demandé si je me sentais prête à entamer une analyse. J'ai dit non. Il m'a proposé de revenir le jour où je me sentirais prête. Le jour n'est jamais venu. Et toi ?

– Moi non plus, jamais. Jérémie aussi voulait. C'est drôle comme les hommes veulent nous envoyer chez un psy.

– Ils croient que nous avons besoin d'aide.

– On aurait dû sans doute.

– Oui.

Elles se taisent. Leurs yeux reviennent au feu.

– Tu te souviens de Cathy Combet ?

– Cathy qui faisait des claquettes ?

– Oui.

– Elle faisait des numéros pour la fête du collège. Pour celle de la paroisse aussi.

– On l'admirait. On était sûr qu'elle deviendrait une star. Peut-être qu'elle l'est devenue ?

– On le saurait.

– C’était une image du bonheur, Cathy Combet.

– Elle bondissait, infatigable.

– Une biche, une petite biche !

– Avec ses sabots d’argent.

Elles sourient toutes les deux, tout au souvenir de Cathy pétillant sur ses gambettes, de son visage rieur, de la musique endiablée. Frida pense à Jérémie.

– Et le plaisir ? Tu as du plaisir, Perla ?

– Tu veux dire, avec Nicolas ?

– Oui.

– Il a fallu un peu de temps. J’ai lu des trucs pour m’aider. C’est venu.

– Et le désir ? Tu as encore du désir ?

– Ça m’arrive.

– Un jour, on se promenait dans le Tarn, Jérémie et moi. C’était l’été. On a pique-niqué sur un grand rocher plat au-dessus d’un à-pic en plein midi. On parlait d’*Œdipe à Colone* qu’il allait monter la saison prochaine. Il m’a allongée. Il m’a caressée doucement, et juste avant le plaisir, il m’a demandé de ne pas fermer les yeux. Le ciel a explosé à l’intérieur de moi. J’aimerais que tu aies vécu toi aussi cet instant.

Pendant qu'elles parlent, soudain les hommes sont là, Nicolas, Jérémie, les hommes qui ont touché ces femmes avec amour, avec désir et tendresse. Ils se déplacent en silence, ils se tiennent dans les ombres de la maison, dans les secrets de la maison. Ils sont une histoire secrète et ils portent chacun une lampe pour éclairer ces femmes.

– Tu ressemblais à une pivoine quand tu étais amoureuse dit Perla. Ta tête penchait dans tous les sens. Je m'étais fait la réflexion que peut-être je n'avais jamais été comme ça, que j'étais passée à côté de quelque chose. Tu habitais Paris quand j'ai rencontré Nicolas. Qui aurait pu me dire si je changeais ?

– Tu ne m'as jamais raconté comment tu as connu Nicolas.

Perla sourit. Elle se lève, remet une bûche dans le feu.

– Chez Ducreux. A l'époque il travaillait dans le service juridique des Transports rouennais qui étaient nos clients. Nous avons eu un différend à propos des calculs d'amortissement. Quand j'ai fait valoir mes raisons, il a répondu : Vous ne voudriez pas venir dîner avec moi ? Direct. C'est sa qualité. Direct, transparent. J'ai dit oui tout de suite.

– Il te draguait !

– Non, j'ai su tout de suite que non. Il me semble que j'ai su dès le premier instant que j'allais l'épouser. Je n'avais jamais dîné en tête à tête avec un homme. Pourtant j'étais beaucoup moins intimidée que lui. Il a dit que je ressemblais à un Balthus. Je ne savais pas ce que c'était. J'ai demandé. Je n'avais pas peur d'être jugée, de passer pour une ignorante. Plus le dîner avançait, plus ma joie montait. La sienne aussi, m'a-t-il avoué après. Je sentais mourir le passé. Je le foulais aux pieds. Je dansais dessus pendant qu'on bavardait, je dansais des claquettes. Rien n'a jamais été plus fort que ce dîner. Ça me remue encore, tu vois.

Elle boit.

– Et après ?

– Après, il m'a rappelée. Je n'avais aucune expérience mais j'ai deviné que ce n'était pas à moi de le faire. Je crois ne pas avoir dormi jusqu'à son coup de fil. Il m'a donné rendez-vous chez ses parents. Rue Jeanne d'Arc, tu imagines ! Une grande maison dont il habitait le rez-de-chaussée. L'intérieur était d'une laideur ! Triste et cossu à la fois. Dans ma tête, je jetais tous les meubles, je repeignais tout. On est allés dîner place du Marché. Il m'a ramenée, il n'est pas monté. J'avais déjà mon studio, rue du Robec. Il est monté la fois d'après. Entre-temps j'étais allée voir un gynécologue et j'avais mis du champagne au frigidaire.

Elle se tait. Son sourire faiblit, flotte encore, s'efface. Nicolas déboutonne son chemisier. Elle fixe ses yeux, sa bouche. Elle essaie de maîtriser le tremblement de ses jambes. Elle a peur de voir apparaître sur le visage de Nicolas le masque de celui qui a décidé de se laisser aller et que rien ne retiendra. Il n'apparaît pas mais Nicolas prend une expression étrange : il la regarde avec beaucoup d'attention et pourtant semble ailleurs. Quelque chose se passe loin d'elle alors qu'il est tout près, qu'il la touche. Peut-être est-ce pour cela qu'il ne fait pas mal. Elle, elle ne cesse de surveiller ce visage maintenant contemplant le chemisier ouvert. Le chemisier est par terre. Nicolas embrasse doucement ses seins juste au-dessus du soutien-gorge. Il se met à genoux et ses mains tripotent la fermeture de la jupe. Elle dit :

C'est la première fois. Il prend ses jambes dans ses bras et il la serre de toutes ses forces. Elle ne voit plus son visage, ne peut plus le surveiller. A nouveau elle le voit pendant qu'il descend son collant. Elle l'aide parce qu'elle ne supporte plus que ça dure, parce qu'elle voudrait que ce soit tout de suite fini.

– Je n'ai pas eu de plaisir. Pendant très longtemps j'ai considéré que l'important, c'était qu'il en éprouve, lui. J'étais contente comme ça. J'organisais, je régissais notre vie.

– Et lui, il voulait t'en donner ?

– Oui. Il s'inquiétait. Je n'ai jamais cherché à l'abuser. Je n'aurais pas pu sans doute.

– Il y en a qui font ça, simuler. Elles ne savent pas que c'est un sacrilège. Parce que donner du plaisir, c'est un vrai signe d'humanité, tu ne trouves pas ?

– Oui.

Trois heures sonnent. La pluie bat les vitres, le feu crépite, et la campagne exhale son silence. Elles écoutent monter en elles des paroles qui tombent de leurs lèvres comme des écailles. Elles se taisent parfois et attendent que d'autres mots leur viennent. Elles sentent passer le temps.

– Qu'est-ce que tu penses de maman et de Bernard ? demande Frida.

– Elle a commencé à vivre sur le tard, elle a des excuses. Je suis contente pour elle.

– Et quand il lui disait : « Au pieu, poussin », tu étais contente pour elle ?

– Il disait ça, Bernard ?

– Non, lui, le dimanche après le repas.

– Je ne me souviens pas.

– Tu ne vas pas me dire que tu ne te souviens pas ? Il était beau garçon. Ils avaient des amis quand on était petites. Il était charmant devant eux. Personne ne s'est jamais douté, je crois.

– Les voisins.

– Les Delmonico.

– On attendait qu'il n'y ait personne pour descendre l'escalier.

– A l'époque les gens ne faisaient pas attention. Il fallait qu'un enfant meure pour qu'on en parle.

– Ça existe toujours.

– Le petit Lubin.

– Des plus grands aussi.

– Il faut toujours qu'on croie avoir un destin unique. Elle fut banale, notre enfance. Banale, la cruauté. Quotidienne, la brutalité.

On abat son jeu en famille. On ne sait rien de maman et Bernard. Elle doit se venger follement.

– Tu crois qu'elle l'étripe ? dit Perla en riant.

– Oui, et avec bonheur, avec allégresse.

– Il ne le mérite pas. Il n'a jamais levé la main sur nous.

– Ni sur Annette.

– Ils ont beaucoup aimé Annette.

– On était soulagé pour elle.

Perla se lève, ouvre un tiroir de la commode et en sort une photo.

– Je l'ai récupérée dans le déménagement. Maman l'avait jetée.

Elle s'assoit à côté de sa sœur, tout près d'elle, lui donne la photo. Elles sont calmes. Regardent. Leurs parents sont dans une gondole, à Venise, tout jeunes.

– Ils ont l'air content, dit Frida.

– Tu lui ressembles.

– Ah non !

– Mais si, le même front haut, le même nez pincé, regarde !

– Pas une seule fois je ne me suis sentie leur enfant. Je ne reconnais rien en moi qui puisse venir d'eux.

– Moi, c'est plutôt à elle que je ressemble.

Elle, elle a les genoux serrés, et sur ses genoux un sac avec deux grosses anses en forme de cercle. Elle le tient à deux mains. Ses cheveux sont courts et bouclés, blonds. Elle porte une robe à pois coupée par une large ceinture, une robe dont ses filles se souviennent parce qu'elle la gardait dans son armoire. Elle a une petite montre à son poignet. Lui, il a un costume avec une chemise ouverte. Il tient sa femme par l'épaule. Ils ont une certaine élégance. On les dirait heureux, l'avenir ouvert devant eux. On pourrait croire qu'ils vont grimper les échelons de la société, qu'il deviendra rapidement cadre tandis qu'elle sera une mère attentionnée. Rien ne laisse prévoir qu'il y aura bifurcation, progression vers le bas, dégradation, que cette photo est un cul-de-sac. Que cette vie qui s'ouvrait devant eux, ils ne l'auront pas. Et pourquoi, pourquoi ne l'ont-ils pas eue ? Frida retourne la photo, lit la légende, tracée d'une petite écriture serrée, celle de leur père : Mado et Robert, Venise, 1948. Cette année-là, dans le ventre de Mado, il y a Perla.

– Elle a donné sa montre à Annette qui l'a vendue aux Puces.

– Je ne comprends pas pourquoi tu gardes cette photo, dit Frida en la rendant à sa sœur. Comme l'autre, là-haut, dans ma chambre. Elle est ridicule.

– Pour mes fils et mes futurs petits-enfants. Il a une tête à faire un bon grand-père.

– Ça me dégoûte.

– Tu as remarqué que quand ce sont les parents qui tuent leurs enfants, la société est plus indulgente que quand ce sont des inconnus ? Le cas du petit Lubin, par exemple. Le père acquitté, la mère dix ans. Combien pour Patrick Henry ? Il y a une compréhension tacite du fait de tuer ses enfants.

– On ne devrait faire des enfants que par amour.

– Mais c'est l'inverse. On fait des enfants pour les charger d'aimer à notre place.

– Oui. C'est leur rôle. Et quand ils grandissent, ils deviennent des bourreaux. Comme Yacine.

– Yacine ?

– Celui qui a cassé une jambe. Il a séquestré un homme pour une affaire de drogue.

Apparemment le type lui avait promis une commission de cinquante mille francs. Yacine s'est vengé. Salement vengé. Pourtant tu lui donnerais le bon Dieu sans confession.

– Je ne sais pas ce que c'est, la vengeance.

– Un jour il m'a demandé si pleurer donnait du diabète. Son père lui raconte que sa mère a du diabète parce qu'il la fait pleurer.

– C'est peut-être vrai.

– Tu ne peux pas savoir le soulagement que j'ai lu sur son visage quand je l'ai assuré que pleurer n'avait jamais donné du diabète.

– Tu lui as ôté son seul remords !

– J'ai essayé d'être plus intelligente ! De parler avec lui. Il se considère dans son droit. Moi je comprends la vengeance. Mais comment a-t-il pu torturer ? A jeun, m'a-t-il répondu, choqué de mon insinuation, alors que j'aurais préféré pouvoir me dire qu'il était saoul. Lui, au moins, il avait cette raison.

– Tu te trompes, souvent il arrivait à jeun et il buvait après.

A peine a-t-elle parlé qu'une vague noire se soulève et inonde ses yeux. Le souvenir a surgi avec trop de brusquerie. Le monde se résorbe. Elle se vide. Elle est un objet posé sur un canapé. Elle respire, son cœur bat, mais c’est malgré elle. Frida s’affole, la secoue aux épaules. Elle ne l’entend pas lui demander comment elle se sent. Frida lui arrache la photo où le couple sourit sur sa gondole à la noix. Elle lui prend le visage entre les mains jusqu’à ce qu’elle la voie, que la vie lui revienne par les yeux, par l’image de sa sœur face à elle, de sa sœur qui est vivante. Jusqu’à ce qu’elle sente la chaleur de ses mains. Perla gémit. Elle gémit faiblement dans les mains de sa sœur, la tête abandonnée dans les mains de sa sœur. C’est avec ce gémissement-là qu’elles échangent des gestes d’amour pour la première fois, à côté d’un pied-de-biche qui dort comme un petit chien. Des taches de couleur floues reviennent bouger devant Perla. Elles s’immobilisent, s’incrustent de détails. Perla voit le sein de Frida par l’entrebâillement du kimono. Un sein pâle dans son soutien-gorge de fine dentelle rouge. Elle a maintenant une grande acuité de vision, presque douloureuse. Elle voit la dentelle rouge, la jolie dentelle rouge qui respire. Elle a envie de toucher. Elle sait qu’il ne faut pas, que la famille est un lieu maudit pour le désir. Elle regarde, elle admire, elle respecte ce sein dans son écrin rouge. Frida se pare comme un oiseau. Frida s'aime. Frida aime son joli corps qui n'est pas détruit. Voilà ce qu'elle pense pendant que lui reviennent ses esprits. Et cela la console, la rassérène. Elle murmure : « Tu as un joli soutien-gorge. » Elle détache les mains de sa sœur, lui sourit. Elle entend à nouveau la pluie. C'est bon, la pluie. Elle lui dit de ne pas s'inquiéter, que ces instants d'absence lui sont familiers et ne prêtent pas à conséquence. Elle lui demande un verre de whisky. Frida se lève dans son kimono bleu nuit. Elle la sert. Puis fait quelques pas, les nerfs tendus par la frayeur qu'elle vient d'éprouver. Elle sent revenir la nausée. Elle n'ose pas fumer.

– Je croyais que tu avais mieux oublié que moi.

– On est pareil.

– Quand on est deux, le travail est double. Il faut oublier pour l'autre.

– Si l'une n'a pas oublié, l'autre non plus.

– On doit oublier ensemble. Sinon on ne s'en sort pas.

– Oui. C'est bien que nous en parlions ce soir, tu ne trouves pas ?

Frida fixe le feu.

– Je ne sais pas. Je voudrais t'oublier toi aussi. Je voudrais partir. Je voudrais que tu ne sois plus et je ne peux pas faire que tu ne sois plus.

– Tu n'as jamais rien dit à personne ?

– Non.

– Moi non plus.

– Personne ne sait alors.

– Si, elle.

– Elle, elle a jeté son passé. On gît au fond d'un tas de détritus. Il vaut mieux ne pas toucher...

– Les Delmonico.

– Les Delmonico. Oui, voilà nos témoins.

– Ils doivent être vieux maintenant. Ils sont peut-être morts. Sinon on pourrait les citer à comparaître.

– Comment ça ?

– Dans le procès des sœurs Dormant qui ont assassiné leur père à coups de pied-de-biche. Elles iront au trou, les sœurs, si les Delmonico ne témoignent pas.

– Mon Yacine te travaille, répond Frida en riant.

– Oui.

– Pourquoi on n'a jamais rien dit ?

Elles se taisent, soudain pleines de fatigue.

Frida est debout derrière sa sœur, les coudes en appui sur le dossier du canapé. En vérité, elle a une fois tenté de dire quelque chose à quelqu'un. Ce n'était pas à Jérémie mais à Nicolas, après une de ces nuits de Noël où Perla tire des quatre coins du monde son mari, ses enfants, sa sœur, sa demi-sœur, sa mère et son beau-père pour les amener de force dans ce lieu qu'elle a choisi, sa gare de Perpignan, son Bethléem à elle, Corvol, et célébrer avec eux l'utopie familiale. Folle Perla ! Ça avait commencé par la guirlande électrique que Bernard avait apportée pour la décoration du sapin. Perla n'en voulait pas. Bernard s'était vexé. Il boudait et leur mère s'était mise à récriminer contre lui : il était trop susceptible, il lui arrivait même de se taire pendant trois jours. De fil en aiguille, tout le monde avait charrié Bernard qui s'était enferré dans son mutisme. Même les cadeaux ne l'avaient pas déridé, un merci du bout des lèvres, un merci murmuré qui sembla lui coûter de titanesques efforts. Au déjeuner, un muet, tandis que leur mère jacassait. Chacun s'appliquait à faire comme si le silence de Bernard n'existait pas, sauf la dinde, qui par un fait exprès était sèche et dure, trop cuite. Dans cette tension palpable, la mère avait lancé : « Enfin, Bernard, on s'en fout de ta guirlande, on l'allumera chez nous. » Et comme Bernard se taisait toujours : « Ah, c'est pas Robert qui se serait tu comme ça ! Vous vous souvenez, les filles, quand il récitait du Victor Hugo ? Les marches du musoir, la faucille d'or, combien de marins combien de capitaines... ! » Annette réagit la première. Elle quitta la table et monta s'enfermer dans sa chambre. Cette sortie théâtrale surprit beaucoup Frida, lui ouvrant des horizons insoupçonnés sur sa demi-sœur. Puis ce fut Perla qui d'une voix extraordinairement autoritaire dit : « Tu arrêtes, maman, s'il te plaît ! » Son ton provoqua un silence de mort. On se demandait où elle avait pu trouver un tel ton. On était stupéfait. Les trois fils, braves bougres, reprirent le dessus et firent semblant d'animer le repas jusqu'à la fin. Pour un Noël raté, c'était un Noël raté. Comme tout le monde avait repris la route et que Perla s'était couchée tôt, Nicolas et Frida s'étaient trouvés seuls au salon le soir. « Vous êtes dures avec votre mère, avait-il dit. Vous lui en voulez de s'être remariée. » Voilà ce que comprenait sa tête d'étranger ! Les filles reprochaient à leur mère d'avoir trahi la mémoire de leur père ! Frida avait été saisie par l'urgence de lui expliquer que non, il se trompait complètement, qu'il ne fallait absolument pas, mais absolument pas comprendre les choses ainsi, que le remariage de leur mère ou son veuvage leur étaient indifférents, que ce qui était intolérable, c'était la pensée que le regret de cet homme récitant du Victor Hugo existât quelque part, où que ce soit. Il avait l'habitude de répéter : Victor Hugo et moi, tous deux natifs de Besançon. Il lui était apparu soudain très important, vital, de convaincre Nicolas de la fausseté de ses vues. « Tu te trompes, avait-elle affirmé à son beau-frère, nous sommes contentes qu'elle se soit remariée. » « Pourquoi n'a-t-elle pas le droit de parler de votre père ? Je ne savais pas qu'il aimait Victor Hugo. Moi aussi j'aime Victor Hugo. Parle-moi de ton père, Frida. Perla ne me dit rien. » Il y avait eu un grand silence pendant lequel Nicolas avait laissé peser sur elle sa question. A Jérémie Frida racontait qu'elle se souvenait peu de cet homme, que toujours il était en Orient. Cette fois-ci, elle voulait, elle devait parler. Mais quoi dire et comment dire ? C'était ridicule, impossible. Il y a un côté misérable et tarte à la crème à étaler les stigmates de son enfance. On est un faible qui n'a pas réussi à grandir. Un jour elle avait entendu quelqu'un affirmer sur un plateau de télévision – elle regarde avidement ces émissions dégoûtantes, ce déballage exhibitionniste qui ferait presque préférer les bourreaux aux victimes : « Ce que Hitler a fait aux Juifs il nous le faisait. » Non, ce n'était pas ça qu'il fallait dire non plus. Ce gouffre de l'histoire fondé sur la barbarie, il ne fallait pas le confondre avec une histoire de famille. D'abord Hitler n'était pas le père des Juifs, ensuite leur père à elles s'était contenté de deux personnes. Elle avait cherché des mots possibles. Tous lui brûlaient la bouche. « Laisse tomber, Nicolas. Ça n'a pas d'intérêt », avait-elle fini par dire. Nicolas avait affiché une mine contrariée. « Vous ne me faites pas confiance. » Il ne comprenait rien. Il se croyait en cause. Il fallait le ménager ! Il avait insisté : « C'est le père de la femme que j'aime, le grand-père de mes enfants ! Les secrets ne sont pas bons. » « Alors interroge notre mère ! » Peut-être l'avait-il fait ? Qu'est-ce qu'elle avait dit, la mère, elle qui restait apeurée dans sa cuisine, leur donnait en silence du flan au caramel en guise de consolation avant de sortir les collants ? Peu importait. La mère était un continent étranger qu'elle ne voulait pas aborder.

A Jérémie elle n'avait rien dit. Mais on n'avait rien besoin de dire à Jérémie. Il en savait plus qu'on n'en savait soi-même.

– A quoi tu penses ? demande Perla.

Frida ne répond pas. Maintenant Perla pleure.

10

Un bougeoir de cuivre à la main, elles sont montées dans la salle de bains. La pluie s'est arrêtée. L'orient pâlit déjà. Frida boit un Alka-Seltzer, les yeux fixés sur l'image de Perla dans le miroir, Perla qui la contemple, appuyée au lavabo. La complicité, l'intimité, elles ne connaissent pas. Même quand il n'était pas là, il était là. La haine pouvait prendre l'avion pour revenir. Et du moment qu'elle pouvait prendre l'avion, on se taisait, on vivait dans l'attente, on n'apprenait pas les gestes de sœurs. Il faut faire vite, maintenant. Frida pose le verre, prend une brosse et commence à coiffer Perla. Elle défait la queue de cheval, torsade les longs cheveux qu'elle ramène en chignon. Ensuite elle se coiffe de la même façon. Elles ne parlent pas. La grise et la rousse. Rousse teint. Elles se contemplent dans le miroir à la lueur des bougies. On pourrait dessiner un cadre autour de leurs têtes. Frida nettoie la brosse à cheveux. Elle a dans la main une poignée de cheveux gris et de cheveux roux teints. Elle prend un tube de rouge à lèvres qu'elle approche de la flamme, un rouge un peu trop clair, du Perla tout craché, le tend à sa sœur, s'en met elle aussi. Leurs visages se regardent dans la glace avec leurs bouches rouge classique qui brillent. Alors Perla prend sa sœur dans les bras. Elle la serre contre elle. Leurs corps s'épousent. Sur ses talons de huit centimètres, Frida dépasse Perla qui laisse une trace de rouge à lèvres sur le kimono bleu nuit. Ce moment, elle l'attend depuis toujours. Elle ferme les yeux, ses yeux sont doux sous les paupières. Elle respire profondément l'odeur de sa sœur. Elle sent que Frida est très émue, son corps tremble un petit peu. C'est fini, murmure Perla, c'est fini. Et à l'instant où elle le dit, elle est certaine que c'est fini. Mais Frida sait bien que non. Frida ne dit rien, elle resserre son étreinte. Elle tient sa sœur, la contient, la prend en elle, cette sœur qui ne pleurait jamais, qui ne pleurait pas ni pendant ni après qu'il l'avait frappée, qui sourit toujours, et que voilà transformée en fontaine depuis son arrivée. Elle l'a vue pleurer une fois devant les gendarmes qui la ramenaient, elle, Frida, après sa fugue. Elle avait pris sa bicyclette et roulé vers Paris. Sa volonté n'avait pas résisté à la fatigue. Elle s'était couchée dans un fossé la nuit et c'est là qu'ils l'avaient arrêtée. Ces larmes l'avaient troublée. Regrettait-elle que l'évasion de sa sœur eût échoué ? Ou qu'elle fût partie sans l'avertir ? C'est Frida qui se détache la première.

– Nous sommes vieilles, dit-elle avec lassitude.

– Non, nous ne sommes pas vieilles. Pourquoi tu dis ça ?

Perla ne voit pas leurs rides, malgré la lumière peu flatteuse des bougies. Elle ne voit même plus le pli au coin gauche des lèvres de sa sœur.

– Parce que je suis triste, répond Frida.

– Ne sois pas triste. Nous avons la vie devant nous.

– Tu triches.

– Je ne triche pas. Je parle de la vie, la vie, pas celle qui dépend du passé, d'une enfance, je parle de celle qui appartient à tout le monde tant qu'on n'est pas mort, dit Perla en souriant.

– Ça n'existe pas, Perla, il n'y a que des vies plus ou moins chanceuses. Et moi je suis vieille et ma vie est ratée, je ne vais pas me raconter d'histoires.

Elle s'assoit sur le rebord de la baignoire.

– On m'a exclue des groupes de travaux disciplinaires. L'inspecteur a dit que je retournais à la paraphrase. Je n'ai plus d'hommes.

Elle parle doucement comme si elle craignait de réveiller un dormeur.

– J'ai lu dans *Le Monde* que Jérémie a été nommé directeur d'un centre culturel dans le Nord. De temps en temps, je fais monter quelqu'un chez moi. On s'applique. On dirait qu'on fait un devoir. On a si peur que l'envie passe. Chaque fois que je fais l'amour je me souviens que Jérémie est parti, que Jérémie n'est plus là, qu'on n'ira plus l'été dans le Tarn marcher sur les routes en commentant la pièce qu'il montera la saison prochaine. L'amour m'a échappé, comme la carrière, et je n'ai aucune idée de ce que je vais faire du sable qui restera dans mon sablier quand je serai à la retraite.

– Tu viendras à Corvol dit Perla, regardant amoureusement sa sœur et n'arrivant pas à s'attrister du récit qu'elle vient d'entendre.

Frida se tait. S'arrête. Contemple Perla, sa peau qui prend la lumière, ses yeux, son sourire. On la dirait phosphorescente dans l'ombre de la salle de bains, brillante de certitude et de bonheur imaginé. Frida sent cette force qui rayonne et cherche à l'attirer à elle. Elle s'en effraie.

– Pourquoi m'as-tu téléphoné ?

– Pour que tu viennes, répond Perla.

– Non, tu m'as téléphoné parce que Nicolas veut vendre Corvol.

– Ne t'en fais pas, Frida, je ne crois pas qu'il le fera. Tu te souviens, Jérémie disait que tu aurais dû écrire des histoires plutôt que rédiger des manuels scolaires. Tu serais bien ici. Je m'occuperais de tout.

– Je ne veux pas écrire d'histoires, je ne veux pas vivre ici.

– Et pourquoi pas ?

– J'aurais l'impression que tous les coups que nous avons reçus, tu me les rends avec des sucres. Laisse-moi, Perla.

– Tu crois donc vraiment que je te déteste ? Même quand tu es partie à vélo, je ne t'ai pas détestée. Ce serait si bien que tu viennes vivre ici avec moi, Frida ! Nicolas n'y verra pas d'objection, je te le promets.

– Mais Nicolas veut vendre ! Arrête, Perla ! Tu me fais peur.

Perla continue de sourire comme si Frida avait dit : Oui, je viens tout de suite. Et devant ce visage béat, cet abandon sans complexe à l'amour qui l'habite, Frida comprend soudain la raison de cette nuit, la raison de sa présence : sa sœur avec son sourire en miel veut mettre la main sur elle, veut faire main basse sur elle, veut la garder sous la main. Là, toujours à côté d'elle, toujours douze ans d'âge, elle veut la nourrir à la petite cuillère. C'est pour ça qu'elle l'a fait venir. Avec l'argent en plus. Car elle lui prendra son argent. Elle puisera dedans pour la nourrir petit à petit. C'est clair, clair comme de la glace, clair comme de l'eau pure glacée. Une paroi s'effondre en elle. En une seconde tout bascule dans sa tête. Perla est agenouillée à ses pieds et elle, elle est libre. Libre. Elle est debout sur ses escarpins. Ses jambes sont belles et nues, bien épilées. Peut-être qu'elle ne s'est jamais mariée, peut-être qu'elle ne fait plus partie d'aucun groupe de recherche, mais elle ne quémande rien et elle n'a pas besoin de sa sœur. Elle va partir, c'est certain, elle va partir. Et son fric, il va tomber comme une pluie sur les grandes capitales. Il lui reste seulement à ramener sa sœur à la réalité, faciliter la tâche de Nicolas.

– Viens, dit Frida.

Et elle entraîne sa sœur vers le salon.

11

Frida allume une cigarette. Elle ne s'assoit pas, elle marche sur ses escarpins pointus et, quand elle sort du tapis, ses talons résonnent sur les dalles. En classe aussi elle fait des allées et venues. Elle réfléchit. Aider sa sœur à affronter la situation, voilà son rôle. La dernière chose qu'elle peut faire pour elle. La situation, c'est l'agent immobilier tout à l'heure, et la vente de la maison dans un avenir proche. Perla dit que la vente la tuera. Mais elle a résisté à pire, elle a un bon casque, une solide armure. Perla, elle, la tête appuyée sur les coussins, les genoux remontés contre elle, savoure le sentiment de vivre un moment d'exception. Tant d'amour pour moi peut-il laisser une place à Nicolas ? se demande Frida qui en dépit de son or est incapable d'une analyse autre que sentimentale. Elle décide d'attaquer par le sentiment.

– Tu te crois vraiment autorisée, dit-elle comme si elle reprenait la discussion entamée en début de soirée, comme si la nuit n'avait été qu'une grande parenthèse – et pourtant elle n'est plus la même, Frida, elle n'est plus la même –, tu te crois vraiment autorisée à exiger de Nicolas qu'il emprunte dix millions ?

Sa voix a changé. Elle s'est murée, pense

Perla. Elle s'est déjà murée. Mais elle répond comme si elle n'avait rien remarqué :

– Cesse de te tracasser avec ça... J'ai toujours trouvé bizarre qu'on s'appelle Perla et Frida. Pas toi ?

– Si.

– Ça fait un peu conte, ça fait habitantes de Corvol. Tu sais que c'est lui qui l'a voulu ?

– Arrête, Perla, arrête de fuir. Tu dois maintenant regarder la réalité.

– Quelle réalité ?

– Le souci de Nicolas.

– Qu'est-ce que tu connais de Nicolas ? Payer les factures et allonger les billets, il a toujours aimé ça. Il faut que tu comprennes la joie qu'il a à offrir.

– Il ne peut plus !

– Alors il ne doit plus oser se regarder en face. La réalité, c'est toi, Frida. C'est toi et moi. Des sœurs.

– Toi, moi, Nicolas aussi, le procès, l'agence immobilière.

– Tu n'as pas dit : des sœurs. Dis ce mot. Je voudrais que tu le dises. Je sens que tu ne l'aimes pas comme moi. Sœur.

– Je cherche à t'aider.

– Tu veux que je devienne madame Toutle-monde. C'est ça ton aide ? Que je m'ennuie tous les soirs en face d'un mari vaincu ? Ce n'est pas pour ça que j'ai aimé Nicolas. Laisse-moi inventer la vie, Frida... Ça fait si longtemps que je rêve de cette nuit.

– Nous en aurons d'autres.

Elle ment bien sûr. Perla le sait. Sa tête ne penche plus. Elle fume trop vite. Mais ce que Perla ne sait pas, c'est qu'à l'intérieur d'elle Frida se sent légère. Légère et déterminée comme elle n'a jamais été. Elle voudrait seulement qu'on ne perde plus de temps et qu'on aille se coucher le plus vite possible.

– Tu n'as pas répondu à ma question. Te sens-tu le droit de faire faire un emprunt de dix millions à ton mari ?

Perla soupire. Elle déplie ses jambes, secoue la tête, à regret se résigne.

– On pourrait s'arranger autrement. Je recommencerais à travailler. Il y a du boulot à Nevers. Et puis ses parents n'ont eu qu'un seul enfant, il a certainement encore de l'argent de côté... En plus il y a les Soutter. Tu te souviens des Soutter ? Ils ont pris beaucoup de valeur.

– Tu peux pas lui demander ça !

– Tu as raison... C'est vrai, tu as raison...

Les Soutter pour lui c'est très important. Et si j'allais trouver Butin, son client ? Pour ces types-là, dix millions c'est rien.

Le feu meurt doucement. Perla ne rajoute pas de bûches. La lumière est grise, impalpable. La voix des sœurs perd de son grain, c'est la voix du jour, juste un peu voilée par la fatigue.

– Tu le connais ?

– Je ne l'ai vu qu'une fois mais Nicolas m'en parle souvent. Il l'aime bien, imagine-toi. Enfin il l'aimait. Il le prend pour un gosse. Le type sait à peine lire, ce qui ne l'empêche pas d'être très malin. Il veut du fric, il ne veut que ça et il est pressé. La messagerie rose, tu ne peux pas savoir ce que ça rapporte. Nicolas l'a aidé.

– Je ne me serais jamais doutée que Nicolas travaillait avec des gens pareils !

– Ça te choque ? C'est France Télécom qui se fait le plus d'argent dans l'histoire. Le type ne déclare quasi rien grâce à ses sociétés off-shore et vit comme un nabab depuis cinq ans...

Oh Frida, Frida, songe-t-elle tout en parlant, pourquoi m'obliges-tu à une telle conversation ? Pourquoi ne les laissons-nous pas tous tomber, toi et moi ? Comme tu me peines, Frida ! où vas-tu aller ? où vas-tu répandre le petit peu de sable qui te reste ?

– Il s'est fait avoir pour un rêve de môme. Il a acheté une superbe baraque au bord du lac d'Enghien. Quand on a grandi dans une cité de Saint-Ouen-L'Aumône, Enghien-les-Bains c'est irrésistible. Seulement il a bien fallu qu'il justifie l'origine de ses fonds... Il n'a aucun scrupule, c'est un négrier avec ses employés, et malgré tout il attendrissait Nicolas qu'il devait prendre pour une sorte de père. Je pourrais peut-être jouer là-dessus.

– S'ils avaient les rapports que tu dis, ce sera difficile. Ils doivent se sentir trahis l'un par l'autre.

– En fait, tu ne veux pas que je garde Corvol ? dit Perla en versant du whisky dans son café.

– Effectivement.

– Pourquoi ?

– A cause de Nicolas.

– Nicolas a toujours aimé dissimuler ses soucis, me faire croire que la vie était facile.

– C'est du mensonge. Et puis je trouve ta passion pour cette maison anormale.

– Parce que tu n'es pas sensible aux maisons. Tu n'aimes que les lycées en préfabriqué. C'est ça qui nous séparera, Frida. Tiens, donne-moi une cigarette.

Frida lui en donne une, se penche vers elle pour la lui allumer. La main de Perla hésite, se retient de se poser sur celle de sa sœur. Sa tête bascule. Son regard s'arrête sur les poutres, sablées, cirées. Tu veux que je te dise, Frida ? Non, pourquoi te dire ? Cela t'est égal au fond. Je ne crois pas que Nicolas ait besoin de vendre. Du moins financièrement. Non... j'ai fait une erreur avec Nicolas. Un jour, il y a longtemps – c'était avant qu'on s'installe à Paris –, j'ai cédé à sa demande et je l'ai emmené à Grand-Couronne. Tu te souviens de Grand-Couronne ? Le velours adhésif, les traces de gras sur le lino, le coucou suisse, les charentaises de Bernard, l'odeur surtout. Il a senti l'odeur. Je l'avais pourtant prévenue. Elle aurait pu aérer. Elle a jamais su aérer. En sortant, j'étais tellement humiliée que je lui ai dit que papa était plus raffiné. Quand on est remonté dans la voiture, Nicolas m'a dit : « Ma pauvre chérie, comme tu as dû souffrir. » Son ton m'a blessée. Il était condescendant. Dieu sait si j'avais honte de Grand-Couronne, si je souffrais de Grand-

Couronne. Mais c'était ma souffrance et il m'y enfonçait au lieu de m'en sortir. Ça a été la première alerte. Et puis il y a eu les Soutter. Les Soutter auraient dû m'ouvrir les yeux. Il n'a pas voulu mettre les Soutter à Corvol. Il les a gardés pour lui, pour son bureau. Je n'étais pas digne des Soutter. Les Soutter, c'est le fossé entre Nicolas et moi. Peut-être que je n'ai jamais été qu'un jouet dans sa main, le jouet d'un homme cultivé qui s'amuse du goût pour la décoration d'une fille de représentant de montres. Ce qu'il lui faut maintenant, c'est Soutter, Soutter qui peint avec son doigt et sa folie. Cette beauté-là n'est pas accessible à la fille du représentant de montres, Frida. La fille d'un représentant peut se hisser jusqu'aux maisons bourgeoises, aux pianos à queue et aux petits-maîtres du dix-neuvième mais pas jusqu'à Soutter.

Frida s'est assise sur un fauteuil ; juste en face de Perla. Elle la regarde réfléchir, ne la dérange pas, espérant qu'un peu de raison se glissera dans sa tête.

– Il y a un an ou deux, dit Perla, Nicolas m'a avoué qu'il aimerait changer de vie, abandonner le cabinet pour chiner des tableaux à Drouot. J'ai répondu que j'étais d'accord. Je n'ai plus besoin de beaucoup d'argent. Tu sais bien que je ne dépense que pour le jardin. Mais il n'a rien fait. Dommage ! On ne serait pas ruiné, à l'heure qu'il est.

– Il se serait même bien débrouillé si on en juge par les Soutter.

– Oui... J'aurais dû le pousser davantage. Tu as tort, Frida, de ne pas boire. On pourrait finir la bouteille ensemble. On mettrait du poison dans le whisky, un truc pour tuer les taupes, il y en a plein la grange. Taupicide canadien, garanti foudroyant. On nous retrouverait mortes sur le tapis de Corvol ou même dans l'herbe pleine de rosée. Deux petites taupes. Je ne veux pas mourir toute seule, mourir sans toi.

Cette fois, ça suffit. Frida perd patience. Elle se lève et s'empare de la bouteille.

– Arrête de boire. C'est toi qui recevras l'agence tout à l'heure. Il faut que tu tiennes debout.

Sa voix a changé. Elle a parlé trop fort, trop vite. Perla l'entend. Perla le sent. Elle s'en réjouit. Elle attrape le bas du kimono de sa sœur et se met à rire.

– Si je reçois ce type, je veux être complètement cuitée ! Je veux qu'il sache qu'il me tue !

Alors Frida s'approche de Perla, la regarde dans les yeux, prend une tête de professeur offusqué s'adressant à une élève rétive et articule sans se presser :

– Tu cherches à m'apitoyer, n'est-ce pas ? Tu veux que je rachète la maison à Nicolas ?

– Mais non !

– Bien sûr que si, tu veux. Tu tournes autour du pot depuis hier soir.

– Je t'assure que non.

– Tu sais combien j'ai en banque ? Deux millions cinq.

– Je ne te demande rien.

– Menteuse ! Et comment on aurait vécu ici ?

– Tu as deux millions cinq ? Bravo, Frida, c'est formidable.

– Réponds. Comment on aurait vécu ici ?

– On se serait débrouillé, je te l'ai dit.

– Tu ne m'as rien dit. Ton mari a dix millions de dettes, Perla ! Mais vends, bon Dieu, vends ! Tu nous fais chier avec tes tomettes, tu nous fais chier avec tes charmilles !

Silence. Frida pense : Je viens de la battre.

Silence. Le visage de sa sœur est devenu tout blanc. Puis Frida pose la bouteille, se laisse tomber dans un fauteuil. Honteuse. Se tait.

– Je ne peux pas, articule Perla au bout d'un moment.

– C'est faux.

– Je n'aime que les fleurs et les meubles.

– C'est faux.

– Je n'ai plus de corps.

– Je sais.

– Je passe la tondeuse au lieu de me couper les cheveux.

– C'est moi qui te couperai les cheveux.

– Qu'est-ce que je vais faire de tout ce qui est ici ?

– Trier, caser rue de Lunel, donner aux enfants, garder pour eux plus tard, revendre.

– Je ne savais pas qu'on pouvait tout donner et tout reprendre.

– On peut.

– L'horloge rue de Lunel ! Ça fera ridicule.

C'est fait, c'est fait, elle commence d'imaginer ! Vite, vite maintenant, pense Frida. Un peu de repos leur fera du bien avant que n'arrive l'agent.

– J'ai faim, murmure Perla.

– Il fait presque jour. Allons nous coucher quelques heures.

– Tu me dois bien ça, tu me dois bien la compagnie d'un croissant, reprend Perla avec tant de tristesse et d'accablement que la joie de Frida en est atteinte.

Pourtant elle sait qu'elle ne peut pas revenir en arrière. Le monde s'est coupé en deux, entre elles deux. Et chacune se tient d'un côté de la faille. Celle qui demande et celle qui refuse. Celle qui s'est mise à genoux et celle qui s'est campée sur ses hauts talons.

Elles vont dans la cuisine. La démarche de Perla est vraiment mal assurée. Elle manque de tomber en ouvrant le congélateur. Elle râle parce qu'elle ne trouve pas les croissants et que le froid lui colle les mains. Maintenant Frida a une sacrée faim. Voilà les croissants dans le four. On se refait du café. Ça va s'arranger, pense Frida. Elle va admettre. Elle va y arriver. Le ciel est entièrement rose. On mange. Et soudain un bruit strident.

– Les oiseaux, dit Perla. Ils se réveillent tous en même temps. Et moi avec eux, d'habitude. C'est mécanique, la lumière excite leur luette. Ecoute.

Elle ouvre la fenêtre. Le chant envahit la pièce. C'est fort. Perla sort dans le jardin. Le chant s'apaise. Ça ne dure pas longtemps, comme pour les vaches. L'herbe scintille parce que le soleil a franchi la ligne des collines. Il fait frais, il fait doux. Deux sœurs ensemble dans un jardin. Elles ont leur café à la main. Le sol de la terrasse est mouillé. Frida surveille de l'œil Perla qui s'avance dans l'herbe, traverse la pelouse, se dirige vers la charmille. J'ai envie de prendre un désherbant et d'arroser, crie-t-elle à sa sœur. En trois semaines tout crèverait. On le fait ? Frida sourit, ne répond pas. Faudrait que ça ressemble un peu à du Soutter pour faire plaisir à Nicolas, crie à nouveau Perla. De l'encre, un point c'est tout. Faudrait que ça devienne stérile, que ça produise plus rien. Tu crois pas ? Mais Frida lui dit qu'il est l'heure maintenant. Elle lui demande de revenir. Perla renverse théâtralement son café dans l'herbe mais elle obéit. Elle trébuche en montant l'escalier. Sa sœur la soutient.

12

Frida déchire la photo accrochée au mur, se glisse sous la couette et, malgré le café, sent se fermer ses yeux. Nom de Dieu, c'est fini, pense-t-elle en s'endormant. Je l'ai échappé belle. A peine lui ai-je laissé voir ma faiblesse qu'elle s'y est engouffrée. Comme elle a vite su en profiter ! Le regard qu'elle a eu quand elle m'a dit que je pourrais venir vivre avec elle ! Elle m'aurait donné de la biche tous les jours, elle m'aurait rendue folle. Il faut que j'envoie tout de suite une demande de disponibilité. Pékin d'abord... Pékin, imagine-t-elle quand le sommeil la prend.

Perla, elle, ne peut pas s'endormir. La tête lui tourne quand elle est allongée. Elle redescend au salon. Elle passe la serpillière dans la cuisine. Ça fait deux nuits qu'elle ne dort pas. Il est sept heures du matin. Le feu est éteint. Le soleil est là. La vérité. L'oubli d'un dossier, la rigolade tragique. Tu savais, toi, Frida, qu'on pouvait mourir deux fois ? Mettre le feu, c'est banal. Elle ne le fera pas, n'avalera pas le taupicide canadien, n'arrosera même pas de désherbant. Elle acceptera, restera assise dans un fauteuil du salon sans cheminée de la rue de Lunel. Et Nicolas, sans dettes, travaillera pour un concurrent à moins qu'il n'ait réussi à sauvegarder une petite rente. Elle trouvera peut-être un mi-temps, apprendra à se servir d'Excel au lieu du sécateur, ira de temps en temps chez le coiffeur parce que Frida oubliera qu'elle a promis de lui couper les cheveux. Elles ne se verront plus. Ça fait des années qu'elles ne se voient qu'à Corvol. Dans deux heures, elle donnera le double des clés à l'agence. Des étrangers visiteront. Elle a fini de passer la serpillière. Elle appuie sur un interrupteur. Le courant est revenu. Elle s'assoit sur la banquette du piano. Le dictionnaire est là. Elle le range. Elle se cogne au pied-de-biche. Et c'est là qu'elle pense : quand même, elle aurait pu proposer de racheter la maison à Nicolas. Elle soupire et va jeter la bouteille de whisky vide. Elle sort un fauteuil sur la terrasse, contemple son œuvre. Elle s'enfonce lentement. La maison sera vendue, les lilas, les rosiers, la vue sur la colline, le soleil du matin. Elle sera une ombre parmi les ombres tassées sur les trottoirs de la ville. Une pensée flotte dans sa tête cotonneuse : peut-être qu'elle ne rêvera plus que ses yeux sont par terre.

13

Elle ne l'a pas entendu arriver. Ho ho, dit-il en lui touchant l'épaule. Il est debout devant elle, il a l'air pressé. Il dit qu'il s'est débrouillé pour venir, que la route était déserte, qu'il fait un temps splendide. Perla se frotte les yeux. Est-ce parce qu'elle a bu ? Il y a quelque chose qui ne va pas. On dirait un autre homme. Avant-hier il avait au téléphone une voix grave, une voix de drame, lente et coupée de silences. Et ce matin cet entrain, cette nervosité... Il ne l'a pas embrassée. Elle a mal à la tête.

– Les affaires vont mieux, dit-il, je me suis arrangé avec Butin.

– Ah bon ?

– Il paie le redressement mais il me demande de lui rendre ses cinq années d'honoraires. Deux millions cinq. Et en plus il me conserve sa clientèle !

Perla tente de secouer les brumes de son cerveau :

– On ne vend pas la maison alors ?

– Ça, je ne sais pas. Il faut trouver deux millions cinq.

– Mon Dieu, non, Nicolas, on ne vend pas la maison. Tu les emprunteras sans difficulté, ces deux millions cinq !

– Ce n'est pas évident. – Il tourne autour de la chaise qu'il est allé chercher, la déplace puis finalement s'assoit. – Quel garçon ce Butin, il m'a traîné au tribunal pour laisser tomber !

– Mais bien sûr que si, tu les emprunteras, c'est vital, Nicolas.

– Je suis vieux pour emprunter deux millions cinq. Sur dix ans, ça fait deux cent cinquante mille par an plus les intérêts, soit près de trente mille francs par mois. Tu te rends compte de ce que tu me demandes ?

Perla pense à l'argent de Frida mais elle n'ose y faire allusion. Le merle chante à tue-tête. Elle voudrait qu'il se taise pour mieux réfléchir, cerner la situation. Elle interroge la drôle de tête de Nicolas. Ça fait longtemps qu'il n'est pas allé chez le coiffeur. Sa mèche tombe sur son front et ça le change.

– Ne t'inquiète pas, Perla, je les emprunterai. Tu garderas Corvol.

Alors toute la fatigue de Perla s'évanouit. Elle se lève d'un bond. Elle prend la tête de Nicolas entre ses mains, la plaque contre son ventre, et elle crie : Tu entends, Frida, tu entends ? Nicolas ne vend pas. Puis elle embrasse avec passion les cheveux trop longs de son mari.

Nicolas se dégage doucement.

– Attends, Perla. Tu gardes Corvol, seulement moi je ne veux plus de Corvol. Je te laisse Corvol et je m'en vais.

– Qu'est-ce que tu dis ?

– Je m'en vais, Perla. Conviens que tu t'en fous. Tu n'as pas besoin de moi, tu n'as besoin que de mon portefeuille.

– Tu t'en vas ?

– Je te quitte, si tu préfères.

– Je ne veux pas que tu t'en ailles !

– Il fallait t'en rendre compte avant. La façon dont tu as réagi à mon affaire m'a ouvert les yeux.

Perla vacille. Ne se rassoit pas. Les mots

sont soudain trop lourds pour être prononcés assis.

– Tu te trompes complètement. Je t'aime, Nicolas. Je tiens à toi. Pardonne-moi si je ne te le montre pas assez. Je vais faire des efforts.

– C'est trop tard.

– Pourquoi trop tard ? Tu veux que je revienne à Paris ?

– Non. Je garde la rue de Lunel et te laisse Corvol. Je continuerai à alimenter le compte de Clamecy le temps que tu trouves du travail.

Silence. Le merle s'égosille, ironique.

– Tu as déjà tout calculé, tout réfléchi, articule Perla comme si elle s'arrachait les mots de la gorge.

Un long moment encore le merle siffle à leurs oreilles. Les mains de Nicolas tremblent. Il dit :

– Tu vois, j'aurais pu te téléphoner. J'ai préféré venir. Je t'ai beaucoup aimée, Perla, j'ai beaucoup aimé ta gaieté. Nous l'avons laissée mourir, la tienne, la mienne aussi.

– Ma gaieté n'est pas morte.

– Alors c'est que tu ne me la donnes plus... J'ai décommandé l'agence en passant.

Il se lève. Fait un ou deux pas, embarrassé. Semble vouloir dire encore quelque chose. Renonce.

– Cette maison a la peau dure, conclut-il.

Puis il entre dans le salon, pose son trousseau de clés sur la cheminée et sort. Quand elle arrive sur le perron, il est déjà dans la voiture, il démarre. Il y a quelqu'un à côté de lui.

14

Elle croyait régenter, tirer les ficelles de la vie. Elle se croyait maîtresse de cet homme. Elle croyait qu'il attendait dans son coin son bon vouloir à elle. Qu'il se plaisait à l'aimer, lui faire plaisir. Elle croyait qu'il existait un homme au monde prêt à tout admettre d'elle, à ne jamais rechigner, poser de questions. Un homme fait pour répondre à ses besoins à elle. Elle pensait que c'était permis, que c'était possible, que c'était juste. Elle pensait que chacun avait droit à ça. Le pensait vraiment. Ne s'était jamais demandé comment cette personne faite pour la satisfaire se débrouillait de son rôle, de son juste rôle. Enfant c'était son existence, être l'objet d'un désir de mort. Tu ne vivras pas. Tu ne vivras pas. Je te battrai jusqu'à ce que tu en meures. Le corps est résistant et c'est tant mieux car je pourrai encore le battre. Mais ton esprit mourra bien avant, écrasé par moi qui ne veux rien d'autre dans la famille que le tic-tac de ma montre Lip. Alors quand était apparu le visage ouvert de Nicolas, vierge de pouvoir, elle avait cru voir le saint Nicolas qui décrochait les enfants du saloir – elle n'avait pas osé le dire à Frida qu'elle avait pensé au saint Nicolas de la chanson délivrant les enfants enfermés dans le saloir – et elle l'avait désiré de toutes ses forces. Nicolas était comme elle. Il n'aimait pas la mort. Petit, il passait avec des sueurs froides devant la porte vitrée de la salle où attendaient les patients de son père. La salle était au rez-de-chaussée, impossible de l'éviter. Les ombres rôdaient derrière, malades, inquiètes. Elles ne partaient jamais vraiment. Même la nuit, même le dimanche. Elles s'incrustaient. Même après elles étaient restées, quand le cabinet avait été transformé en appartement.

Et lui, Nicolas, maintenant, le pauvre chéri, il allait toujours en tremblant chez le médecin. Lui qui avait raté le concours d'entrée à l'Ecole de la magistrature, choisi par hasard une spécialité fiscale, eu le courage d'épouser une fille qui n'était pas de son milieu, lui qui maintenant reprenait tout ce qu'il avait donné, la laissait nue, nue comme un ver, consternée par sa bêtise à elle, son aveuglement, sa faute à elle. Normal qu'il se soit trouvé quelqu'un pour lui tenir la main. L'oubli du délai, c'était un détail, un dossier qui n'avait pas été ouvert. La catastrophe aurait pu venir de n'importe quoi d'autre, n'importe quel autre détail, autre Butin, autre propos, un accident de voiture, une maladie, un désamour de qui vous a aimé. Elle aurait dû le savoir. C'était ça qu'avait voulu lui apprendre son père. Ça qui était la science du père, le savoir du père, la mort qui claque sous les pieds pour une broutille, pour un coup du hasard, parce que tu as perdu l'argent des commissions que ta mère t'a confié, parce que tu pars à la guerre ou parce que la chimiothérapie ne te fait plus d'effet. Le même claquement, le même exactement, avec le même bruit, le même résultat. Et elle,

elle n'avait pas voulu apprendre, elle avait résisté. Pourtant les Soutter, c'était ça qu'ils disaient aussi, ce doigt plongé dans la peinture noire qui traçait des visages noirs, des corps noirs, des pluies noires, des croix noires. Il n'y a que la sœur, Frida, l'enfant comme elle, la petite, la lointaine, qui aurait pu l'aider à avancer sur le terrain, lui donner la main. Mais elle ne voulait pas, Frida, elle n'avait même pas lâché un centime. Elle ne s'intéresse qu'à ses élèves. Elle n'aime que la linguistique. Que peut-on pour ses élèves quand on laisse tomber sa sœur ? Elle a juste le temps d'atteindre le canapé où elle s'affale. Crise de tachycardie. Attendre. Trop de café. Trop d'alcool. Pas l'habitude. Maintenant Corvol est une salle d'attente. Attendre le calme. Attendre. Chasser l'autre là-haut à son réveil, l'autre les mains crispées sur son or, sur sa raison, le cœur plein de regrets sentimentaux. L'autre qui voudrait que la vie soit comme dans les romans, avec amant, passion et nostalgie, rêve de retrouvailles et d'émotions. Attendre le calme. Au moins tu as un toit. Nicolas a fait le vrai cadeau. Le seul cadeau. Elle a un toit. Il a fait ce don. Elle entend Frida ouvrir sa porte.

15

Frida a suivi la conversation par la fenêtre ouverte.

Elle s'est habillée de sa jupe moulante, a laissé sur son lit le bermuda et les mocassins et, les escarpins à la main, descend l'escalier sur la pointe des pieds. Elle voit le dos de Perla, prostrée sur le canapé, silencieux comme celui d'une morte. C'est un piège peut-être. Elle va se retourner et lui tendre les bras. Elle traverse le salon sans que sa sœur ne bouge. Pourtant l'escalier a grincé. Elle ouvre la porte, descend les marches de pierre, grimpe dans sa Honda. Avant de mettre le contact, elle se souvient d'avoir pensé hier soir qu'il s'agissait d'une histoire de couple. Ce n'est rien qu'une histoire de couple, se répète-t-elle pour effacer toute trace de la nuit. Elle jette ses escarpins sur le siège du passager. Démarre.

Le village a disparu dans le rétroviseur. Frida roule, cheveux au vent. Yacine attend dans sa cellule une femme qui ne viendra plus. Isabelle T., cloîtrée dans sa chambre malgré le soleil, termine un commentaire composé sur l'incipit de *La Condition humaine* sans que personne lui explique qu'elle a retourné contre elle le petit poignard de Tchen. Pauvres, pauvres ! A Paris, ils étaient faciles à éblouir. A Argenteuil, c'était plus dur, un vrai numéro de voltige. Maintenant elle sait qu'elle leur faisait du cinéma, qu'elle les avait à l'épate. Elle sait qu'elle ne protège personne, qu'elle n'a pas appris à protéger et qu'elle ne le pourra jamais. Elle sait qu'elle est seule. Et eux aussi. Et Perla aussi. Mais comme elle conduit vite et bien maintenant qu'elle le sait ! Maintenant qu'elle s'en va. Maintenant qu'elle se voit le nez collé au hublot dans l'avion qui descend sur Pékin. Elle freine brusquement parce qu'une poule jaillie des fourrés traverse la départementale et s'enfuit en battant des ailes. Elle rit.

16

Quand elle n'a plus entendu la voiture, Perla a redressé la tête. Elle a ramassé la photo de ses parents. Lui a cherché un cadre, en a trouvé un pas trop vilain, Napoléon III, l'a installée sur la commode, puis elle est montée se coucher.

Il est dix-huit heures lorsqu'elle se réveille. La soirée est magnifique. Elle ouvre toutes les fenêtres. Elle prend son panier, va soigner ses rosiers. L'orage les a flétris. Rien de grave. Les papillons volettent sur les lavandes. Il lui a semblé reconnaître, assise dans la voiture de Nicolas, l'étudiante à qui ils ont loué la chambre de bonne l'année dernière. Elle avait l'air d'une fille bien. L'angélus sonne. Le chien aboie. A Noël, elle les invitera tous.

Ils ne viendront peut-être pas cette année, peut-être pas l'année prochaine. Peut-être attendront-ils vingt ans pour venir. Mais un jour ils viendront. Ils frapperont à la porte, vieux et fatigués. Et elle, elle leur dira d'une voix que le silence aura préservée dans sa jeunesse : Entrez mes amours, entrez ma famille, entrez ma sœur, la maison vous attendait.

Pascale Roze
dans Le Livre de Poche

Le Chasseur Zéro n° 14420

Okinawa, avril 1945 : un kamikaze endommage le cuirassé américain *Maryland*. Des années plus tard, Laura Carlson, qui vit à Paris auprès d'une mère dépressive, a toujours dans les oreilles le sifflement insoutenable de l'avion suicide plongeant en piqué. Même si elle ignore tout ou presque de son père, officier à bord de ce bateau... Elle découvrira la vérité. Mais rien – ni de brillantes études, ni l'amour du jeune musicien qui compose pour elle une de ses première œuvres –, rien n'empêchera le chasseur Zéro de la poursuivre jusqu'au bout... Avec une écriture sèche, rigoureuse, au scalpel, Pascale Roze nous fait entrer dans la conscience de Laura, jusqu'au plus vif, au plus mortel aussi. Ce premier roman, la révélation de la rentrée 1996, fut couronné par le prix Goncourt.

Ferraille n° 15028

Les hauts fourneaux sont éteints. L'usine rouille. La vallée se meurt, la Cité, le Château. Jean Pavelski et Paulina Barheim s'aiment d'un amour étrange sous le signe de la disparition du feu et de l'acier. A moins qu'il ne s'agisse d'un rêve. A moins qu'il suffise d'un Chinois pour souffler sur la rouille. Un récit dense qui gomme les frontières entre réel et imaginaire et où l'on retrouve l'écriture aiguë, le rythme impératif, l'émotion et la violence contenues qui ont valu le prix Goncourt au *Chasseur Zéro*.

Histoires dérangées n° 14442

« Un amour baigne toujours dans quelque chose d'autre », dit un des personnages de ce livre, « mais souvent, on ne sait pas dans quoi ». De ce quelque chose d'autre, les femmes et les hommes de ce livre sont amenés à faire la découverte, tour à tour troublante, terrible ou source d'émerveillement. Emma repoussera celui qui l'aime, et qu'elle aime, au nom d'un autre désir, dérisoire en apparence, mais combien plus profond. Jean, appelé par Dieu, salue dans les bras d'une femme, en une ultime nuit, ce monde dont il se sépare à jamais. Katia, enflammée par l'amour, voit naître dans sa chair une force irradiante au point de dérégler les ordinateurs... Le réalisme, le fantastique, la folie, l'humour : sur tous les registres, Pascale Roze sait donner vie à des personnages attachants et humains, en nous emmenant au plus intime, au plus secret d'eux-mêmes.

Au printemps 1996, alors qu'elle vient d'achever *Le Chasseur Zéro* qui lui vaudra quelques mois plus tard le prix Goncourt, Pascale Roze est frappée d'une rupture d'anévrisme. La douleur, l'affolement de l'entourage, l'ambulance, puis le trou noir... Et le réveil à la Pitié-Salpêtrière. Trois ans plus tard seulement, la romancière pourra revenir sur cette expérience. Elle le fait sous la forme d'une lettre à Tolstoï, figure tutélaire, lui aussi hanté par la mort, et qui, en plusieurs pages, semble avoir eu le pressentiment de ce que serait la sienne. La mort, l'écriture, mais aussi l'amour, la vie auprès de Double Cœur dans une maison à la campagne, et surtout l'extraordinaire joie d'exister qui, bien plus que la souffrance, marque ses journées d'hôpital : c'est de tout cela que parle Pascale Roze dans ces pages rigoureuses et vraies, où se confirme la présence d'un écrivain authentique.

Du même auteur :

Aux Éditions Albin Michel

Le Chasseur zéro, roman, prix du Premier Roman, prix Goncourt, 1996

Ferraille, roman, 1999

Lettre d'été, 2000

Aux Éditions Julliard

Histoires dérangées, nouvelles, 1994

Composition réalisée par IGS-CP
à l'Isle-d'Espagnac (Charente)

Achevé d'imprimer en Espagne par Liberduplex
Barcelone

Dépôt légal éditeur : 54405-02/2005
Librairie Générale Française – 31, rue de Fleurus – 75278 Paris Cedex 06

ISBN : 2-253-11236-4

31/1236/4